靈獸轉生

——崑崙傳說——

黃秋芳——著

Cinyee Chiu——插圖

推薦序

破譯山海新謎

李豐楙
國立政治大學名譽講座教授

《山海經》做為文化百寶箱，方便每個創作者從箱中取寶，新創造的寶貝也是新而有趣，由此發現它始終是最好的媒介，將先民與現代人聯繫在一起。華人一向被認為既無神話也缺少想像力，原因在我們不像陶淵明嗜好「泛覽山海圖」？但新世代面對電玩遊戲，到底又是如何創造出炫奇的新虛擬世界？古人與今人在山海世界如何相遇？《山海經》這個文化百寶箱雖則敘述簡略，從人物、動物到無生命物，卻反而留下許多空間供想像馳騁。這些富含創意的神話元素，形成民族共同的文化底蘊，就像新世代創造的電玩遊戲，有機會創造民族風格而形成民族氣派。面對黃秋芳創作《崑崙傳說》的山海圖象，經過現代包裝之後，是否能夠聯結古之人與今之人？關鍵在，此心此理有什麼共通處？

在中華文化的歷史傳統下，如何定性《山海經》的奇幻世界？這問題的答案，若非視為難解，就批判為荒誕不經！在這種歷史壓力下，導致缺少神話想像，既欠缺真正的兒童讀物，也不太懂得遊戲三昧！但看到秋芳筆下的系列新作，發現這種情況正在改變中。

如是改造，亟需超常的勇氣，相較之前的山海創意，她選擇走自己的路，翻轉了傳統的山海印象。原本簡缺至於不足的，剛好可以發揮想像；前後卷銜接不上的，反而成為可資運用的空檔。基於傳統欠缺遊戲的精神，在這裡提供一組觀念：「常與非常」，做為這系列讀物的參考。「常」的秩序導向遍於儒家經典，但「非常」則一直欠缺，就是形成超常、反常的力量。如何將山海世界翻轉為現代版本，將來自古代奇書的創意，以現代人的眼睛觀看？尤其成長在電玩世界的世代，視覺經驗既大異於昔，既注重圖像思維的造型、色彩，也習慣以簡馭繁、以一見多，卻又能極其繁富。故透過「非常」形式可以認識世界，也能從這一組概念取得進入山海世界之鑰。

在《山海經》的原初世界中，「常」就是日常世界所接觸、經驗的所有生物、無生命物，相同的種族、常見的動植飛潛以及常用的自然礦產，這樣熟悉的生活世界雖則讓人感覺有序、安全，卻也重複、單調而殊少變化，故在記錄時常一筆帶過。所以「常」做為一種筆法，只是認識世界的基本形式。

相對的第二種筆法則是「非常」，凡少接觸、罕見的經驗，只有經由組合、拼裝為新物，才能傳達給原本對此不熟悉的人，這就是做為想像形式的創作。其實文明蒙昧期就像兒童一樣，從近認識遠、從常認識非常，也就是從熟悉認識不熟悉，利用這種創意形式，就會形成一個不尋常世界。陌生化正是想像力的發揮，同時兼具真實與想像的拼合。在這種創作方式下，山海世界構成了「非常」的圖書譜系，形成彩色繽紛的山海圖像。這種書籍不斷翻新而後出轉精，相當程度滿足了新世代的想像需求，使兒童文學成為藝術新媒介。同時結合了真實和虛擬，也就是常物與非常物的新組合，這種趣味就像現代電玩世界的創意。

「常」的世界少有故事記載，而「非常」世界則有許多故事可以敘說，其中也銘刻著「跨越時空」的故事。這時「非常」世界不再是條列的，而是綜合了多視角，從地上的異獸到會飛會潛的異物、從輿圖內到域外，層層向外舒展空間，這種視野也就從人境到境外，每個繁簡不同的故事，都能引發想像之旅。

如何破解這類奇書之謎？從博物圖誌到巫書祕笈，類似《禹鼎記》、《白澤圖》，都被用於法術中，代表一種神奇的「登涉術」，為了登山涉水先備好入山指南，在森林、溪谷間遭遇奇物就可依方破解。秋芳的新作正可以歸屬這種巫書系譜。遵循了一定的原則、既有的名字，也標記其形狀、顏色，就像擁著《白澤圖》入山，就方便辨識神奸。

在《山海經》中的「咒術性思維」，這種根據同類相感、相治，以相互感應而傳達其屬性，也就是巫術中所謂的「屬性傳達原理」。從巫術、方術乃至道教法術，時間雖然相隔遙遠，但《山海經》做為神祕圖笈的源頭，流傳既久、層面也廣，遠在《白澤圖》、道教法術之上。

秋芳專心投入《崑崙傳說》系列的奇書創作中，利用神話知識創作另一密碼，亟待有心的讀者破解其祕。如此神聖又神祕的奇作既可隨身攜帶，亦能隨興泛覽，相信能夠成為具有神奇效應的當代祕笈！

推薦序

且將缺憾還諸天地

林文寶　國立臺東大學榮譽教授

秋芳以《山海經》描述角色的隻言片語，再以崑崙山為場景，揮灑成《崑崙傳說》三部曲。她的企圖恢弘，遠溯天地初成，總想「多做一點點」的遠古神靈，因為一些難以察覺的小偏差，引出驚天動地的大災難，雖然努力想找出問題，儘量彌補，可惜，愈插手就愈複雜，到最後大家立了血誓，不再干預天人更迭，伏羲、神龍、女媧……，各自遠遁太虛，於是有了崑崙山。

崑崙山是天帝在人間的都城，也是諸神及各種奇異生靈聚集的地方，成為神靈界連接人間的神祕轉口，共有四個大門、五個通道，滿足神、仙、精靈的各種需要，同時也存在各種危機和挑戰。幸好，天帝委託陸吾管理，守護崑崙山周圍三千里，掌管六界九大神域，堅守警衛守則：「負責、低調、守護於無形」，決意奉獻一切，讓神界諸靈安心定居。

然而，遠古洪荒，有太多的執著、戰爭、勝利和失敗，也藏著太多的不服氣和不甘願，對人間仍帶有太多遺憾和牽掛。主角開明歷經了三次重生，尤其在白澤誘導他打開「洞察萬物」的能力，觀看了盤古、燭龍、女媧、共工、祝融、應龍、女魃的過程，也知道他的師傅陸吾和英招曾參與戰爭，在「九敗不勝」與「威令必勝」之間權衡，皆是出之於「愛」的理由，於是有了首部曲《神獸樂園》，相信每一種生靈都有權利選擇自己的生活方式，只要大小生靈深以自己是崑崙山的一員為榮，崑崙山就能成為真正的「神獸樂園」。

而後，開明的關注及於四境，夸父、蚩尤、刑天、燭龍，都有悲抑難中的過往，他們堅強而不服輸的性格，也都觸動開明的心弦，世上確實有些無可奈何卻又相互抵觸的事情，於是有了第二部曲《妖獸奇案》。開明來不及長大，白澤就讓他照顧一對比他聰明，又更會闖禍的雙胞胎，還要解開燭龍之子「妖獸窫窳」和「不死藥」的謎題。

至於第三部曲《靈獸轉生》，結構和劇情急速轉向，且又似乎合乎在數位時代的圖書中的三個特點：**關聯性**、**互文性**與**廣泛性**；而每個特點又涵蓋三個變化：**視角的變化**、**界限的變化**與**形式的變化**。[1]

可以說，三部曲可獨立，但亦互有關聯性，且互文在其中，指涉頗為廣泛。主角開明一路歷練、成長，到了《靈獸轉生》，隱然已是陸吾的化身、崑崙山的小總管，開始學會什麼都不做，就像陸吾，大部分的時間都是讓大家自己做、自己想。因此，在第三部曲裡，他已不參與，只管學著理解，真正登場的則是白澤、羊過與吉羊、如意。

白澤在《崑崙傳說》中，是智者、聖人、萬事通、人生導師，在崑崙山很少人見過他，他是崑崙山上的傳奇，是普羅普角色[2]中的援助者，也是《內在英雄》[3]中的魔法師。基本上，這種角色在文學通則裡不會走上檯面，如今卻成為重要角色，且貫穿三部曲。我們知道，白澤不是《山海經》中的角色，而是出自宋代《云笈士籤》卷一

1 參考資料：《兒童文學經典手冊》，麗貝卡・J・盧肯斯、傑奎琳・J・史密斯、辛西婭・米勒・考甫爾著，李娜譯，北京商務印書館出版，二〇一九年三月。

2 弗拉基米爾・雅可夫列維奇・普羅普（Vladimir Propp，一八九五－一九七〇年），蘇聯著名語言學家，分析超過一百篇的俄國童話，於著作《故事形態學》（一九二八）中發表故事裡的七種敘事角色與三十一種行動功能，成為故事分析中的重要理論。

3 美國原型心理學家卡蘿・皮爾森博士之著作，於其中研究榮格心理學所提出的六種原型；其中「魔法師」原型為本源與合一狀態，做為英雄人格發展完整的終站。

百《軒轅本紀》：「帝巡狩，東至海，登桓山，於海濱得白澤神獸，能言，達於萬物之情，因何天下神鬼之事，自古精氣為物、遊魂為變者凡萬物一千五百二十種，白澤能言之，帝令以圖寫之，以示天下。」

這指的就是書中的「白澤獻圖」，搶救了千萬生靈。再往前追溯，白澤也是天地大戰後的遺孤，書中提到：父母親在激烈戰局中以肉身環護著他，讓他保住一念清明，陸吾後以「三陽開泰」助他起死回生。他在崑崙山南長大，日夜苦讀，幾千年來，不知道救了多少人，還是惆悵感慨：生死磨難，怎樣救也救不完，但求盡己而已。「但求盡己」，是他向陸吾致謝的方法……

其實，這正是白澤心裡的缺口，他一直想得到一個機會，想辦法圓滿這個缺口。他知道羊過有一顆溫暖的心，願意為羊過打破成規，觸犯天條，希望這孩子可以離開崑崙山，到一個誰都不會用偏見來評慣他的新天地。當他在水晶鏡裡看到火鼠的「三陽開泰」，就知道機會來了！一生從不求人的白澤，為了羊過轉生，竟向兩位彩衣仙子作揖：「有事相求」，並自願幽囚在北海極冰處，受日裂夜凍之苦。

至於轉生的過程，浪漫、奇幻、冒險兼而有之。羊過轉生完成任務的一段話可做為見證：「人們尊敬白澤是孤兒莊園的大家長，他卻在幻境裡看見真實：原來啊！白澤一直用溫柔的母心在包容他。會不會白澤和他一樣，其實也是個來不及長大的孩子？沒人看過真正的白澤，會不會『他』其實是個女孩呢？他笑起來，是，又如何？不過無論是男是女，能確定的是，白澤都會是他一生中最珍惜的相遇。」

白澤視角的轉向，以及缺憾的呈現，正是直指初心，更見其深度與廣度。在《妖獸奇案》中，神鳥離朱說：「我們走過開天闢地的荒洪榛莽，一起在戰爭與災難的生死邊界掙扎，只能在黑暗中學習、摸索。」

其實，遠古的洪流災，萬物生靈皆未能倖免，是非對錯皆難於分辨，諸多的無奈與缺口需要疏通。透過不同角色的選擇，秋芳企圖建構屬於自己的理想家園，做為招魂安息之所，一則抒發自己理想，再則打造理想桃花源。這些意圖，除了書寫的基本能力外，必須具備淵博的知識、豐富的想像，更需要是個傻裡傻氣的天真和浪漫的理想主義者，否則不容易觸及「烏托邦」或「桃花源」的無瑕境界。

因為反覆閱讀、參與、學習、歷練、成長，這才觸發出我們對諸多缺憾的疼惜和聯想，才能深刻懂得，祈禱天地初成以來的萬物生靈，且將諸多缺憾還諸天地。

推薦序

神話、歷練與歸來——黃秋芳《崑崙傳說》的三讀策略

許建崑 東海大學中文系教授

在餐廳的菜單上，看見有「鮮魚三吃、烤鴨三吃」的名目，一定會讓人食指大動。閱讀黃秋芳《崑崙傳說》系列，是否也能「三讀為快」呢？

對我們而言，《山海經》是本耳熟能詳的古代神話故事。「豹齒虎尾而善嘯」的西王母，有三隻青鳥幫她覓食、探路；能煉石補天，還可以摶泥作人，成為人類「造物主」的「蛇身女」女媧，《紅樓夢》

裡的賈寶玉，不也是她的「遺珠」之作嗎？黃帝與蚩尤作戰，應龍和女魃前來助陣，獲得輝煌的勝利，然而他們之間是否有了愛戀，又有怎樣悲慘的結局呢？火神祝融與水神共工廝殺，天崩地裂，女媧又如何來收拾善後？

這些零零散散的故事，以前都是單篇而獨立存在的。經秋芳認真思索，為它們編寫了「譜系」、交代人物關係與事件因果，而成就了一部系統清楚的「神話家族史」，真是個了不起的工程。

故事透過一個年紀小小的主角「開明獸」來開展：他有九個頭、十八隻眼睛，可以四處張望，是天帝大總管「九尾虎」陸吾的一滴精血化成。名為「開明獸」，自然可以聯想到他聰明、機智，將來要面向「開明」世界，但本質上還是具有「野獸」般的粗獷。他接受陸吾教導，奉行「負責、低調、守護於無形」的「警衛法則」，然而「虎斑馬」英招「漫天花雨」的魔法，以及溫柔、體貼的性格吸引了他，讓他暗中效法「速度」、「力量」的追尋。又因為王母娘娘的寵愛，習得了「摘星術」後，竟把天上一千零兩顆有生命的星星摘下，製成星星樹要獻給英招。這下子惹禍上身，開明獸被判幽禁在深藍的溶穴中。

悲傷、懺悔之際，一個細細的聲音喚醒了他，是星星樹上的小紅星。她在即將失去生命之前，鼓勵他「多花一點時間學習」，並請他幫忙完成「愛與美」的追尋。這個早夭的「同學」，正是開明獸生命中獲得的第一份友誼。

不久，具有廣博知識的「白絨怪」白澤出現，誘導他打開「洞察萬物」的能力。開明「觀看」了盤古、燭龍、女媧、共工、祝融、應龍與女魃的過往，也「知道」陸吾、英招曾參與過戰爭，在「九敗不勝」與「威令必勝」之間權衡，卻都是出自於「愛」的理由。

漸漸長大的開明獸，關注及於四境。夸父、蚩尤、刑天、燭龍，都有一段悲抑難申的過往，他們堅強而不服輸的性格，也都觸動開明的心弦。世上確實有些無可奈何卻又相互牴觸的事情，無法逃避。「是不是該放下遺憾，一如重生的帝江，才能獲得幸福？」開明想著，因此他找來神鳥欽原，在崑崙山麓建立一個「園藝迷宮」，以屏蔽弱小無助的生靈，讓他們得以安棲，也讓神羊土螻帶引人們來到避世桃源。

長大後的開明獸呢？是否留在迷宮修練？還是有新的任務，遠行他方，看見更廣闊的世界？他會不會轉世投胎，到人間走一遭呢？什麼時候，又會回歸崑崙山顛呢？這就要問秋芳，續集還寫些什麼？

這部作品中有趣味、有知識，也有啟示，讓我們陪伴著開明獸歷練歸來，完成遠古的神話閱讀，也省視了自己的內在世界：每個人都可以在錯誤中摸索成長，每個生靈都應該相互疼惜，而負責、低調、守護、速度、力量、愛與美，更是我們人生中受用的功課！

作者序

屬於我們自己的，生命傳說

黃秋芳

傻裡傻氣的「開明獸」，從《神獸樂園》的黃晶溶穴中迸了出來，淘氣，闖禍，跟著燭龍、應龍、蚩尤、夸父、刑天……，這些無數逆轉宿命的英雄抗爭，銜著疼痛、悲傷，領略出智慧、勇氣和希望。

隨著《妖獸奇案》開場的〈神獸樂園〉篇章，重現所有奇幻曲折，開明獸再度變身為「小開明」，收養吉羊、如意這兩個小山神，在孩子們近乎「進階版開明」的調皮中，檢視自己的成長軌跡，又在雙胞胎的個性差異中，理解陸吾和英招的分歧，一路糾結在「妖獸窫窳ㄩˇ」、「不死藥」和「開明六巫」的迷惑和掙扎，慢慢學會愛和付出，深切感受來自天地間不衰不竭的關愛和信任。

這些有趣又有意思的生命任務，在《靈獸轉生》的首篇〈如意戲本〉裡，翻演出「前情提要」，讓我們重新溫習從《神獸樂園》到《妖獸奇案》的各種冒險和傳說。交錯在「不斷壯大的努力」和「扛起責任的自覺」裡的開明，再不像任何英雄傳說，一次又一次衝撞秩序，重複著天驚地裂的崩離，收割著驚險輝煌的逆轉，沒完沒了的衍生出各種冒險任務，反而是側身讓路，像個「小陸吾」，看著比他更淘氣闖禍的吉羊、如意，以及比他更難以約束管教的羊過，各自迎向不同的「生活作業」，面對各種不同的人生選擇。

從《神獸樂園》開明獸的摘星釀禍，經歷《妖獸奇案》小開明的逆天叛律，到《靈獸轉生》的負責低調，開明長大了！陸吾和英招千

萬年的守護，成為他的生命路引，不知道還有多少奇幻神祕的炫麗異彩，等在未來，做為他無止盡的「管家測試」？

開明的路還很遠，至少，我們已經跟著他的冒險和考驗，點亮了心裡的火焰，願意不顧一切，去嘗試、去學習、去理解，再鍛鑄出屬於我們自己的生命傳說。我們每一個人，就在一天又一天的選擇、付出和堅持中，慢慢成為「更喜歡的那個自己」。所以，看到我一直很喜歡的童話作家施養慧的點評：「作者化身開明，而謹守負責、低調、守護於無形的陸吾，就是兒文所的阿寶老師吧！」

我的心裡非常歡喜，彷彿有一首生命的歌，我自己沒察覺，別人卻聽到了。原來，在安安靜靜的書寫中，我慢慢變成那個我很喜歡的開明，開明傳說，也就成了屬於我自己的生命傳說。

《崑崙傳說》三部曲的旅程，走到了終點，特別感謝字畝文化社長季眉的奔忙；《山海經》的轉譯池寫，也因為李豐楙老師的認證，把兒童文學的純真版圖，跨界挪向神話傳奇；許建崑老師的祝福，讓我在鍛字造句中，多出許多信心；著迷文本分析的創作坊夥伴陳依雯，為繽紛的傳說設色解碼，更顯出原來不敢想像的華燦瑰麗；最後，謝謝一直看著我這「現代小開明」在兒童文學領地長大的陸吾——兒文所永遠的阿寶老師，我們宛如回到檸檬黃溶穴，好風好日，歲暖華年。

但願我們都能在歧異的生命傳說中，回到檸檬黃溶穴，遇見屬於自己的幸福。

目錄

人間試煉 81

歲月安好 133

角色介紹

開明

由一塊血玉中誕生的小神獸，與師傅陸吾外型同為老虎，但有九顆頭，分別監視崑崙山的九個通道。因緣際會成為了小山神兄弟吉羊（ㄒㄧㄤˊ）如意的監護人，三人一起住在「開明府」。為與「大總管」陸吾區分，被大家稱為「小總管」。

吉羊如意

一對雙胞胎小山神，來自西山山系第三山脈，外型同為人面羊身，個性卻天差地遠：哥

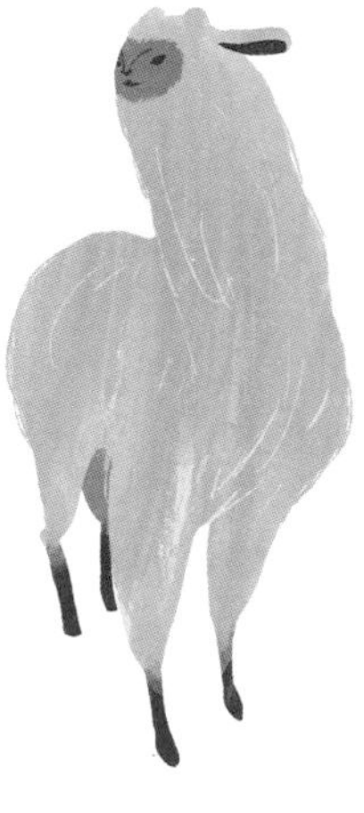

哥吉羊熱血積極；弟弟如意細心冷靜。父神與凶神相柳戰鬥犧牲後成了孤兒，白澤將他們寄託給開明照護，與他一起執行「神獸樂園」計畫。

如意

白澤

崑崙山的智囊，外型像一團朦朧的白色毛球。擁有強大的幻術神能，將「白澤莊園」打造為迷宮，保護在戰亂中失去至親的孤兒。暗中照顧著相柳的兒子，為他取名為「羊過」，並冒險計畫讓他轉生。

羊過

凶神相柳之子，因父親所犯下的錯誤也成了有罪之人。被白澤祕密收留在莊園裡，為了不讓想為父神報仇的吉羊找到，只能不斷躲藏，孤獨生存。白澤傳授他許多求生技能，並獲得機會拋棄現世記憶，轉生到人間。

欽原

本是為西王母娘娘負責巡視警示的神鳥，外型像是隻大黃蜂，被他的毒刺螫到便會死亡。後來加入了開明的「神獸樂園」計畫，了解知識的重要，並將聰明的吉羊如意兄弟視為師傅崇拜。

神靈抉擇

1

如意的戲本

崑崙山是神靈界連接人間的神祕轉口，四個大門、五個通道，滿足神、仙、精、靈的各種需要，同時也存在各種危機和挑戰。幸好，天帝委託了超級大管家「陸吾」來打點一切，他培育出熱情的「開明獸」，在天馬「英招」和「王母娘娘」的嚴格訓練下，經歷錯誤、痛楚和學習，理解上古天神在億萬千年間的混亂、奮鬥和重整，把童年時不懂事摘下星星做成的星星樹，送到天山這座神靈界的藝術殿堂，讓星星樹延續愛和美的使命，開展出更多嶄新的可能，也學會多觀察、多學習，想辦法為自己想要好好守護的崑崙山，付出更多努力。

看著開明邀請神鳥「欽原」，向無所不知的「白澤」學習簡單的幻術陣法，打造「園藝迷宮」，透過地景幻術保護各種脆弱的小生靈，讓整座崑崙山成為快樂安居的「神獸樂園」，陸吾覺得很安慰。直到這孩子迭經奇遇，在血脈裡融滙「女媧」和「燭龍」的遠古神能，跟著白澤學會嚮往知識、尊重多元，結合「帝江」無憂率性的歡愉和美感，以及「蚩尤」堅持生靈自主的崇高理想，在「黃帝」大一統的威權限制中，竭盡所能讓大家明白，節制自由、珍惜和平，也在神鳥「離朱」身邊，理解自己守護崑崙山的意義和價值，才算真正讓他感受到「開明長大了」！

瞧，連小時候開明戰戰兢兢害怕的藍衣仙子，都差點變成了「開明護衛隊」的成員呢！

一想起「開明護衛隊」這五個字，陸吾就笑了。這些年因為開明，崑崙山確實熱鬧起來了，從最早「吉羊（ㄒㄧㄤˊ）」、「如意」送來一本《不死藥奇案》，滿篇「胡說八道」，什麼黃帝的祕密、不死藥的傳奇，根本沒人相信！但是，就是有這麼多喜歡熱鬧的神仙精靈們，喜歡在聊天時有聲有色的傳說著，愈轉述就愈離奇，到最後，如意乾脆寫成戲本，沒事時大家湊在一起演戲嬉耍。

為了推陳出新，又能隨時勾起大家的熟悉感，如意每一次推出新戲本，一定會出現一些固定的角色。常常在戲本裡出糗的男主角，當然是他們最喜歡作弄的監護人開明，幸好，戲本裡總會出現勇敢的吉羊和聰明的如意，幫忙解決問題，還有沉默的「土螻（ㄌㄡˊ）」和常常抱怨自己戲份太少的欽原，這就是「開明護衛隊」的基本成員。

隨著戲本大受歡迎，如意愈寫愈多，延伸的故事跨及巫谷、瑤池、崑崙山巔、白澤莊園……，什麼「開明六巫」啊、瑤池仙子、

「視肉」、「青鳥」等等……，連瀟灑英招和神能離朱，都被喜歡讀戲本、講戲本的仙靈們，一併納入「開明護衛隊」的旁支，不斷岔出新的故事。

每聽到大家吵吵鬧鬧編織出各自的版本，陸吾忍不住就笑，小開明，真變成崑崙山人人都喜歡的小總管了！誰能想像得到，在這熱呼呼的孩子身上，流淌的是自己看起來冷冰冰的血脈呢？是不是這所有的自由任性，其實是他從開天闢地以來，就被警戒和責任壓到意識底層，渴望追求又來不及實現的奇思異想？或者，像英招慨嘆的：「你說，開明像不像我的孩子？他怎麼可能是你的血脈呢？還是，其實你是悶燒型，內裡有我們看不見的火焰在燃燒？」

無論答案是什麼，陸吾很高興，看見開明熱烈的過著充滿希望的日子。生活，應該留給未來，每一天睡覺前，想像著這慢慢習於重複、安定的崑崙山，每一天大家打開眼睛，又擁有一百種新的可能，這是多美好的人生啊！

陸吾料想不到的是，總跟在開明身邊的吉羊和如意，早默默對開明和陸吾的相似和相異，做了深入研究，後來竟出了一本戲本，封面上清楚畫出開明九顆不一樣的老虎頭，背景附上陸吾刷淡顏色的九條老虎尾巴，看得出顏色形狀和九頭相互呼應：三顆特別大的「思考頭」，透明的前額看得到跳動的腦，像個神物法寶，以思想為動力，第一顆嚴肅正經，堅持知識秩序，第二顆線條紐曲，在懷疑中不斷推翻又確定，第三顆幻想嘗新，不斷變化；還有三顆小小的「感情頭」，一顆好溫柔，一顆好帥，一顆好特別，充分表露出奉獻、成就和風格；最後三顆「行動頭」，完全沒有辦法歸類，它們忽大忽小，自由蜷曲，充滿力量，只想要追求快樂和自由。

如意的戲本有一定的劇情規則，就是小開明一路闖禍，吉羊和如意一路跟在後面收拾善後。這一集最特別的是，每一段小故事都會出現陸吾，根據戲本的推論，陸吾的九條尾巴，擁有各自不同的自由意志：有三條特別善於思考、工作的，接手了所有崑崙山大小雜務和規畫；還有三條尾巴特別溫暖，提供愛、照護、陪伴和激勵；另外有三條尾巴充滿活力，飛行、冒險、跳舞……，總是輕鬆旋轉出崑崙山的力量，就是那條打碎溶玉的尾巴流出來的血，讓開明完全複製頑皮和熱情，幸好，陸吾的神能非常強大，小開明才慢慢從冒險、自由中，學會思考，學會愛。

「真的是這樣嗎？」陸吾好不容易讀完戲本，忍不住想，下一次英招來，可得和他一起討論討論。

2 欽原的點子

看起來生活很美好，崑崙山的大小仙靈們都很喜歡「開明護衛隊」，問題是，開明不覺得很美好啊！當吉羊、如意的監護人，可不是容易的事，這兩個天才少年，每一天都不知道要整出什麼事，讓他氣得九顆頭都一起痛起來。他熟悉的深藍溶穴，早就被吉羊掛上一個超級大匾額，寫上「吉羊如意開明府」，大門一推開，就是個超大型工作室，掛著如意畫的地景規畫圖，範圍大到不像話，讓他忍不住冷哼一聲：「有本事，就畫得再大一點吧！乾脆請天帝封你個『崑崙王』。」

「真的嗎？」如意好開心，完全聽不出開明語氣裡的反諷。倒是吉羊非常不滿：「如意只能當個幕僚，要說到崑崙王，誰比我更合適？」

「啊！還當真？去去去，快去接北海山神，替燭龍管管那群小蛇人，別在這裡當管家婆。」開明抱起頭來大叫。吉羊大聲說：「冷靜，好嗎？當監護人，要理智。而且你弄錯了，如意才是管家婆，我是偉大山神的嫡長子，等我長出大角，就是土地在呼喚我，像春天的種子不得不發芽，那時，你想留也留不住，我自然得去呵護一座大山了。」

開明一愣，「你想留也留不住」幾個字，讓這個吵吵鬧鬧的家，一下子安靜下來，三個人心裡，一點點、一點點滲出捨不得。如意低下頭畫畫，吉羊別過頭假裝看風景，開明想起門外這兩兄弟布下的

「七星平安陣」，透過黃水晶、白水晶、黑玉髓、紅玉髓、粉晶和螢石順時鐘方向排列，居中的主石，就是小紅星的粉晶紅。他們從來不說甜蜜的話，卻用他最想念的顏色，來撫平他的思念，並且在這個基石上，設計出暖樓客房，讓所有疲倦、受傷的生靈，可以在這裡安全休養，這就是他的大夢，想把崑崙山打造成神獸樂園。

再擴大出去，就是這兩兄弟不斷改進的「三元陣」、「四海陣」、「五井陣」、「六霜陣」、「七巧陣」和「八陣圖」，幾乎變成好學的欽原每天認真學習的「迷宮實驗室」。長期以來，欽原努力學習，卻總在原地打轉，他對迷宮園藝缺少天分，白澤大師的教學又撲朔迷離，直到遇見這兩個天才少年，吉羊精於地土晶石的直覺感應，如意繪圖精準，解說又特別有耐性，有了他們的引領和修改，讓欽原覺得自己「開竅」了，像在迷霧中找到燈塔，從「螯刺工人」正式晉級成

「設計工程師」，深深感受到「不斷動動腦」的快樂。

知道吉羊和如意即將在開明府度過第一個生日，欽原好開心，決心要為兩位小師傅準備一份最棒的生日禮物！他拜訪白澤，說明自己想送給小師傅一座西山模型，並且忐忑的問，請他幫忙畫一張設計圖。白澤喜歡這個點子，不但清楚標出施工圖，還教他一套幻術，可以在施工時不被任何人發現。

有了白澤的支持，欽原大起膽子，回到「瑤池聖境」山腳下，找老搭檔土螻協助施工，邀他合辦生日宴會。好事的青鳥聽到了，這美麗的心意，像一顆柔軟的球，很快丟向執掌情意纏綿的紫衣仙子，他們都笑說要一起湊個熱鬧，沒想到，掌管長壽賜福的藍衣仙子忽然說：「我也一起幫忙吧！」

「咦？你沒生病吧！」一向愛熱鬧的紫衣仙子，摸了摸藍衣仙子的額。平常總習慣寧靜生活的藍衣仙子，常嫌大家太吵，怎麼也想湊熱鬧啊？藍衣仙子一本正經的解釋：「我剛和開明相約，要學會寬容，理解更多不同的想法。而且『火鼠』太寂寞了，我想邀他一起來，謝謝他送我那麼多火鼠毛。」

「好啊，好啊！我們也一起去。」想到可以離開「瑤池聖境」到外地去辦宴會，好新鮮啊！負責風調雨順的紅衣仙子、關心家庭美滿的澄衣仙子、專嗣事業運通的綠衣仙子，以及管理身體健康的靛衣仙子，大家都跟著起鬨，只有守護嬰幼成長的黃衣仙子連忙搖了搖手：「別找我，我忙死了！」

「走啦！工作啊，永遠做也做不完，稍稍放鬆一下，效率會更好喔。」大夥糾纏著黃衣仙子，她本來就容易心軟，禁不住央告，才嘆口氣點點頭，趕忙又交代：「記得請青鳥送『神物借用申請書』，向陸吾借『三陽開泰』，要不然火鼠來不了。」

「你唷！就屬你最會做人情。」藍衣仙子伸出手指點了點她的頭，忍不住笑：「我和火鼠這麼熟，難道我會想不到？」

「三陽開泰」是上古至陽神物，摸起來不燙不燥，放到冰天雪地裡，土地不到半天就回暖還春，像魔術般抽芽開花。一等青鳥借到，藍衣仙子急著來邀火鼠，讓他揣在懷裡，就像把整座火焰山揹在身上一般，到哪裡都很自在。火鼠好開心，難得可以出來透透氣，忙不迭的吵著到開明的大莊園，看大家布置宴會現場，人人驚惶嚷著：「閃遠一點，別把這裡燒起來了。」

開明引開吉羊、如意，由欽原負責布置。欽原的刺、土螻的角、火鼠的火焰、七位彩衣仙子的神能，還有青鳥穿梭在各個神靈界宴會現場得到的靈感，讓人好期待，到底大家將為吉羊和如意準備一個什麼樣的生日宴會呢？

3

吉羊的推論

七個彩衣仙子都是遠古洪荒時期天地混戰後的遺孤，人人身世飄零，她們跟著西王母在玉山接受從不鬆懈的魔鬼訓練，拼命提升靈能。後來派駐在「瑤池聖境」，緊繃的戰鬥氣氛慢慢鬆了，西王母喜歡與世無爭的純真，年年春日「蟠桃會」，在瓊漿玉露、美酒鮮花、薰風豔色、衣香鬢影間，對她們耳提面命：這樣安定的太平盛世，太不容易啦！讓她們不得不重新打起精神，加強戒備。

這一次溜出來，終於解放了，不要瓊漿玉露，不備美酒鮮花，更脫下薰風豔色和衣香鬢影，運用「八陣圖」的奇詭地形，設計一關又一關看起來都生死搏命的「生存遊戲」。來賀壽的低階仙靈們剛踏進門，嚇一大跳，戰戰兢兢過了一、兩關，就發現彩衣仙子們根本就是完美級戰鬥神人，最了解體能極限，每每在生死邊陲點到為止，讓大家享受前所未有的興奮和刺激。

最受歡迎的關主就是火鼠，他油鹽不浸、百毒不侵，大家打不過又死不了，只是死纏爛打的嘻笑著。好好玩唷！原來，人生不是躲在迷宮就好，有時候，就是要戰鬥！

「戰鬥，讓我們活得有滋有味！」從小在迷宮莊園接受各種生死極限訓練的兩位小壽星，遇到難得的對手，玩得好開心，率先領隊衝刺。開明披上雪白的火鼠毛大衣，找火鼠單挑，白衣在靠近火鼠時變得豔紅，大家拍手大笑：「好漂亮的仙術表演啊！」

「真正的仙術，就要開始啦！」欽原站了起來，開明及時把吉羊和如意推上臺，大家看著一大把年紀的欽原，規規矩矩的對兩個稚嫩少年行了個禮說：「師傅，謝謝你們的指導。學生準備得很認真，但是，不知道做得好不好？請看，這是我要送你們的生日禮物。」

他一揮翅膀，抹去白澤幻術，大家眼前忽然冒出一座又一座等比例縮小的西山山脈。他們站在崑崙山核心，向東七座、向西十四座，每座山都埋著欽原精心收集的美玉，「敬神如玉」，這是吉羊曾經告訴過他的故事。更特別的是，樂遊山越西四百里後那一片綿延兩百里的流沙，耀眼如星澤，無數顆絕美的溶玉閃爍著，攏起又落下，這是欽原根據白澤的設計圖，趁吉羊和如意休息時，採摘他們的頭髮和靈血，埋進玉沙裡，呼應著他們的血脈呼吸，時而如浪花成形，時而捲成尖山，時而削直如峭壁，時而又溫潤如平丘……，隱隱約約顯現出吉羊和如意的形影。

「好神奇啊！」四地傳出驚嘆，只有吉羊緊咬著唇，眼眶裡含著死都不願意掉下來的眼淚。這是他的山！總有一天，他要在這片流沙海上，重建父神的山，他哪裡都不去，這裡，就是他的山。

每個人都在這片閃耀的星澤裡感受到希望。宴會最後，大家一邊送上禮物，一邊祝福壽星，有更美麗的遙遠未來，值得去奮鬥、去爭取。

吉羊樂陶陶睡了一覺醒來，卻愈想愈不對勁。欽原跟了他們這麼久，只能從動植物的原生樣貌中透過修剪來呈現變化，就算有白澤的設計圖，微縮模型也不可能如此生機蓬勃。他仔細檢視這座西山山脈模型，二十二座山栽培出來的小花小樹、地裡埋藏的精靈異獸，還有各種晶玉彩石，根本就是白澤手傳，但又帶著一種從來不曾在白澤身上感受到的孤寂冷清。他愈看就覺得愈熟悉，腦子裡慢慢浮出一抹淡

淡的影子，心裡慢慢想，應該是「相柳」的兒子。

仔細再看，又不確定的搖搖頭，他從來不曾在那抹影子身上感受過這麼鮮活靈動的生機。他們兩兄弟，從小就被視為天才兒童，長大後又改叫天才少年，天才，天才，天才，有時他聽得很煩，如果他們真的是天才，為什麼聯合兩個人的智慧和力量，卻從來不曾成功抓到相柳的兒子？

「因為他有師傅幫忙啊！師傅不希望你殺人。」如意一邊幫著吉羊獵殺，一邊又很慶幸相柳的兒子成功逃走。吉羊斜睨了弟弟一眼：「你不懂，我們靠復仇決心在學習，憤怒很容易遮蔽靈視，只能一件一件苦學；他靠求生意志在學習，會生出不顧一切都要活下來的直覺，一大片一大片領略。日子久了，差距拉開，我們當然就比不上他了。」

「可能他比我們聰明喔！」如意很天真。吉羊搖頭：「這不是智能，是本能。他真的有一種驚人的戰鬥天分。」

「這就對啦，我們是山神耶！只要好好守護就夠了，和人比什麼戰鬥呢？」如意笑了：「你啊，別老是耿耿於懷，總說自己比不上他。師傅不希望我們殺人，父神也不想……」如意當時話沒說完，就被吉羊簡直會殺人的眼光嚇得吞下去了。

吉羊想到這，忽然跳起來衝進房間，把睡得迷迷糊糊的如意拎出來，丟進微縮微型，逼他仔細檢查：「瞧，這是不是他？」

吉羊相信，如意一向細心，只有他可以確認自己的推論。果然，如意精神一振：「哇，他也來了？好厲害，他又比咱們精進更大一截了！你看，他嫁接的小樹小花，在枯冷中轉生出暖意，這種克服萬般困難後的生機，不但美，也特別耐得住大自然的考驗。」

「還有啊，你看……」如意讚嘆不已，一抬頭，看見吉羊臉色，硬生生把嘴邊的話吞回去。吉羊臉色鐵青，望向遙遠的天際，浮出涼涼的苦澀。你來了？你又比我們領先了多遠？

4 羊過的機會

彩衣仙子的「生存遊戲」、火鼠的神祕現身，以及欽原送的生日禮物，這一切都太新奇了，每個人都玩得這麼開心，以至於沒有任何一位賀壽賓客注意到，遠遠的，有一條細細的影子，安安靜靜站著，像時間凍結了。影子啊，愈變愈淡，淡成一抹忽隱忽現的、寂寞的剪影。

更遠更遠的莊園裡，白澤嘆了口氣，遠從水晶警鈴一響，他就盯著水晶鏡裡的這抹影子，飄出莊園，沒有目標的亂走。開明府的笑聲愈喧鬧，他就離得愈遠，直到欽原將微縮模型拉開，那影子終於忍不

住，慢慢往回走，遲疑著，還是慢慢靠近，他終究還是個孩子，所以忍不住，想看一眼吉羊和如意的生日禮物。欽原粗枝大葉，始終沒有注意到，這座微縮模型，都是他趁夜深沒人時重新配置，所以才美得一點都不像學徒作品。

吉羊的推論很正確，這抹影子，就是相柳的兒子。白澤在欽原提出生日禮物構想那天，知道這孩子剛好經過，只要和吉羊、如意相關的事，他不可能不留意，就刻意留下底稿，想看看這個讓他牽腸掛肚的孩子，在年紀增長之後，會如何選擇自己的人生？

當年為這孩子安排一人宿舍時，他那疑惑受傷的眼神，白澤始終不曾淡忘。這孩子不知道，為什麼只有自己一個人要永遠被迷宮隔離起來？為什麼不能和大家一起玩？他反抗、爭鬥，開始專注的學習各種逃跑技巧，直到他跑得太遠了，遠超過莊園的保護範圍，白澤在蒼茫的沙漠裡找到這個孩子，全身髒兮兮的，只有眼睛亮得眩目。

終於，白澤蹲下身，抱起這個倔強的孩子，先告訴他關於吉羊和如意的父親如何為了天地眾生捨命相搏的故事，接下來告訴他，無論人們眼中的相柳如何冷酷，他還是留下了一顆溫暖的心。說到這裡，白澤停下來，靜靜過了一會兒，深吸一口氣準備繼續說下去時，這孩子已經接下話：「我就是相柳的兒子，吉羊和如意怕我像爸爸一樣變成怪物，所以一直想殺了我。」

「嗯，這是事實。」白澤加緊了抱住這孩子的力量，繼續說：「但是，真正的事實不是這樣。我在幾乎燒成灰燼的冰原戰場上，找到幾個小小孩，他們都哭著說，是你拼了命找食物餵他們，可是你卻什麼都沒吃，大家以為你死了。那時，我就知道，你就是相柳留下來的，那顆溫暖的心。」

「我為什麼叫『羊過』？」這孩子很聰明，猜出自己的名字和大山神相關。白澤說：「因為，殺死山神是錯的。名羊過，字改之，有過則改，改了，也就過了。」

「我改，真的就會過了嗎？」羊過盯住白澤。白澤用從來沒有過的認真語氣，對一個孩子囑咐：「人們一定會因為你父親是誰而高看你或低看你，但你要記住：父親是父親，你是你，你不能否認自己是誰的兒子，但得對自己有信心，活出自己的樣子！從現在開始，你要比別人更努力，付出比別人更多更多的心血，總有一天，人們會因為你，感謝你的父親留下了你。」

現在，就是這孩子的人生關鍵轉彎的時候。白澤知道，在宛如地獄的戰場上，寧願自己死去也會留食物給小小孩吃的羊過，一天一天長大了，莊園裡的迷宮，已經無法再束縛他。他很少說話，拿到西山

微縮模型設計圖時，沒日沒夜的栽植小花小樹，四季輪遞，開花、抽芽、變葉、結果，耐心的誘聚充滿靈氣的精靈異獸，更難得的是，他蒐遍崑崙山，收集各種稀罕的晶玉彩石，只想著遮上祝福，讓這兩個不斷在獵殺他的小山神，成為真正護天祐地的大山神。

他需要一個機會，證明自己。白澤願意為了這個孩子，打破成規、怒犯天條，希望他可以離開崑崙山，到一個誰都不知道相柳、誰也不會用偏見來評價他的新天地，尤其在水晶鏡裡看見了火鼠的「三陽開泰」，他就知道，機會來了。

「三陽開泰」這種上古神物，聚三陽、逆天行，陰消陽長，萬物出震，如果結合上古神能，就足以氣轉天地、悖亡轉生，在級別較高的神界，一向被視為禁忌。遠在上古時期，女媧為了維繫天人界限，不讓凡人冀想天界，借「三陽開泰」讓九尾狐轉生。青丘九尾狐的聲音純真如嬰孩，血肉不讓人受迷惑，有人誤闖仙界時，他們會在第一時間滴血煮茶，讓凡人睡了一覺後平安下山，完全不受仙境引誘和影響；沒想到，九尾狐喜歡吃人，脫離了女媧約束，在人界興風作浪，眾神輪番下凡收拾善後，神仙轉生和凡人昇華緊密交錯，後來還有人寫成了戲本《封神榜》。

從此，女媧和各個上古大神商議，禁止使用「三陽開泰」。幸好，一般仙靈只知道回暖還春，陸吾應該是看在王母娘娘的面子，讓火鼠借來參加宴會，算是在星星樹衝突落幕後，替自己的愛徒賠個罪，另一方面，也是因為彩衣仙子們素來行事嚴謹，才借得出「三陽開泰」。

「三陽開泰」應該還在「瑤池聖境」，機會難得，白澤想來想去，時間緊迫，決定找開明幫忙，等送交給陸吾，誰都借不成了。

5 開明的原則

這天一早，開明還沒起床，就聽到屋子外嘻嘻哈哈鬧成一團。是誰可以這樣不經通報，自由穿走過吉羊和如意布下的三元、四海、五井、六霜、七巧、八陣和更多什麼亂七八糟的監護系統？實在太奇怪了！他揉著眼睛出來一看，啊？竟然是白澤！這就沒什麼奇怪的了，誰攔得住這個超級天才？

咦？白澤！開明停下手，不揉眼睛了，只驚奇的盯住他，這才真的是太奇怪了。打從吉羊、如意移居「開明府」，他還不曾到訪，無論怎麼三催四求都請不到，連熱鬧的生日宴會都缺席了，上次還是出動了幻玉咒術才把他「拘」來，今天是怎麼啦？他不但主動過門，還這樣和藹親切？其中必有緣故，開明深吸一口氣，提醒自己提高警覺，可不能再任人呼攏了。

白澤深諳人性，長期操控各種心理變化，加上從小領著吉羊、如意長大，對這兩兄弟的心性和智能非常了解，打從一開始就計畫拉這兩兄弟與他形成堅實聯盟，所以算準時間，在開明起床之前，把吉羊、如意一直好奇為什麼他會特別照顧相柳孩子的前因後果，解說清楚。

他知道吉羊很驕傲，不喜歡欠人恩惠，參透西山微縮模型的祕密後，一定想還羊過人情；也知道如意心軟，聽到他在童年時就寧願餓死，也要救更小的小小孩，定然拿他當兄弟般親愛。白澤很快做了結論：「我們都欠羊過一個機會，你們必須幫我。」

「當然，當然，我來想辦法。」能夠讓吉羊不再繼續找相柳兒子復仇，如意好開心。吉羊握緊了拳提醒自己，對一個山神來說，最重要的不是毀滅，而是要用什麼樣的力量重建自己的山！他微瞇著眼睛，看起來有點不懷好意，慢慢說：「我倒是第一次知道他的名字叫羊過。是啊！他爸爸殺了父神，確實錯了；但改了，也就過了。我看啊！他比欽原好用，應該用新生的力量，協助我們重建一座山。」

「好啊，好啊！當然沒問題。」如意似乎一點都不在乎，自己還沒正式見過羊過呢！一口氣就替他應承了新工作，還沒正式相識，就把羊過算進「開明護衛隊」的好夥伴了。吉羊瞪了弟弟一眼，他就只會瞎開心，這不是重點好不好？現在，最重要的是說服開明，就像是新的「生存遊戲」挑戰，但這次開明變成了最難打通的關主。他趕緊想辦法通知欽原，盡快到「瑤池聖境」邀來藍衣仙子和紅衣仙子，為了爭取時間，一邊說笑，一邊稍稍透露借用「三陽開泰」讓羊過轉生的計畫，探探開明口風。

「不可能！我絕對絕對、絕對絕對，不會再讓師傅擔心了，這就是我的原則。」看見吉羊生硬的「友善表演」，再聯想到白澤難得的「大駕光臨」，開明直覺判斷，內情一定不單純！他已經長大了，「怒犯天條」這種事，一次就太多了，不能養成習慣。絕對絕對不再讓師傅擔心，這是開明「升格」成為監護人後，本能養成的戒律，他可不想讓那兩個搗蛋鬼有樣學樣，沒事時總是耳提面命，反覆再三強調：「絕對絕對、絕對絕對，不能讓你們的監護人擔心！」，說到底，這才是開明至高無上的原則。他還在胡思亂想著，忽然，一朵白雲降了下來，藍衣仙子拉著紅衣仙子板起臉問：「到底什麼事？講清楚！」

「是啊！找我幹麼呀？」紅衣仙子閒閒加了句：「先說好喔！我

可不想加入什麼『開明護衛隊』唷！」

開明一看見藍衣仙子，本能的退了兩步，又聽到紅衣仙子的消遣，漲紅了臉，忍不住瞪了如意一眼，充滿「看你又做了什麼好事」的騰騰殺氣。如意躲到吉羊身後，吉羊終究年紀小，雖然最喜歡充老大，看見兩位彩衣仙子洋溢著遠古戰鬥力的超強氣場，也退到白澤身後。

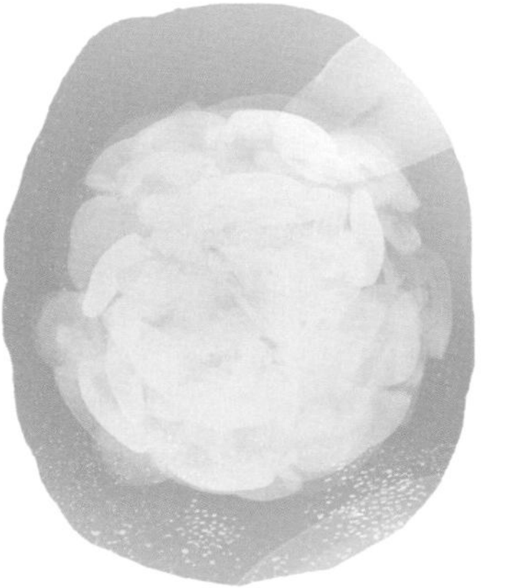

白澤施放「舒心幻術」，雪白的幻影映著兩位彩衣仙子的顏色，閃了點藍光，又閃了些紅光，散發著絲綿般的微細光澤，好像他才是主人，溫柔灑脫的看座、奉茶，臉上浮著盈盈的笑意，像一朵寧靜的蓮緩緩盛開。兩位仙子喝了口茶，哼了聲：「白澤幻術，果然名不虛

傳。我們平靜下來了，說吧！到底有什麼事？」

「且慢，先聽我說，白澤這人很厲害，你們說不過他的。」開明著急的表態：「我先聲明我的原則：會讓師傅擔心的事，我不做；逆反神界約束的事，我不做；違反崑崙山生靈幸福的事，我也不做。」

「如果是為了崑崙山生靈幸福的事呢？你做還是不做？」白澤一問，開明立刻搖搖頭：「那就是會讓師傅擔心的事和逆反神界約束的事，我不做，也不聽，大家再見！我去吃早餐了。」

「看吧！就像如意的戲本，小開明總是這麼傻裡傻氣的，都是靠吉羊、如意在收拾善後。」這時，欽原剛好趕到，看著開明逃跑的背影，很快就洋洋得意的吹捧起自己的新偶像。如意因為他提到自己的戲本而開心著；吉羊則自以為是男一要角，忍不住挺起胸膛，正要接力介紹時，白澤已經向兩位仙子作了個揖：「有事相求。」

一時，大家都愣住了。在崑崙山，很少人見過白澤，但是，誰都把白澤當做傳奇，感謝他為黃帝演繹《白澤圖》，搶救了千萬生靈；尊敬他成立孤兒莊園，竭力教養大家成為獨立快樂的存在；但又羨慕他，從不居功，來去無痕，睥睨一切規則。

這一生從不求人的白澤，究竟是為了誰，這樣低下頭？

6 白澤的預警

白澤的幻術擬真，出神入化，天真的吉羊、如意，和備經煎熬的天荒遺孤紅衣和藍衣仙子，就這樣跟著圖像演繹，經歷天地崩裂、補天重建、炎黃蚩尤的血戰，以及水神「共工」和相柳一脈延續的糾纏混亂。

這是吉羊和如意第一次親眼看見父神是怎樣跳進相柳腹中，和英招裡外呼應，終於殺了相柳。相柳的屍腐脂油傳衍成疫癘，英招找霜神和雪神聯手冰凍其屍首，屍身又化成無數條蛇，血液流過的地方萬物凋零，混著泥土形成劇毒沼澤，「大禹」慌忙填土，三次都塌陷

了，還是靠英招耗盡神力，將千丈長的相柳埋到幾百里外的土丘，後人又在上面築了「帝嚳」、「丹朱」、「帝舜」的神臺，用來鎮壓惡靈。隨著歲月流轉，他們意外發現，人間中土竟然也生出幾許相柳的屍腐氣息，掌管風調雨順的紅衣仙子驚問：「怎麼會這樣？」

「天人陰陽，神靈妖異，這世間萬事萬般無不都是這樣。起初，都只是因為一點點的疏忽。」白澤隱身在幻術中，衍化霜雪冰凍相柳時，有一小片冰骸碎塊，跌入人間中土，經過日月天地孵育，慢慢吸菁咀華，後來，被一個喜歡畫畫的孩子撿了去，不斷磋磨著這塊奇異的冰石，慢慢在結晶裡看見九頭蛇的樣貌，隨手畫了下來，愈看愈喜歡，後來就變成他的簽名符號。白澤說得有點悲傷：「九頭蛇吸吮著這孩子的魂魄，日後必定將在人間中土興起一場驚天動地的災難。我想讓羊過轉生，讓他放下過去的包袱和記憶，面對動盪，重新擁有自己的人生。我相信，我們每一個人都會在關鍵時刻，因為不同的選擇，凸顯出自己的信念和人格。」

「這孩子曾經在戰亂中，不惜身死，也要救所有他看得到的小小孩；這孩子無論吉羊想要殺他多少次，在最寂寞的深夜裡，仍然為他的生日禮物準備驚奇。不過，失去了前世的記憶和規範，我不知道，他是不是還會做最正確的選擇？」白澤說：「這可能是一場豪賭，我們怒放天條，恐怕不是陸吾可以幫忙解決，我會自請冰囚，紅衣和藍衣也可能會被放逐回荒遠的玉山，最可怕的是，萬一，過兒沒有做對選擇……」

大家靜下來，沒有人出聲，沒有人可以為未來的羊過會做什麼選擇打包票。這時，忽然有聲音傳來：「我也要一起轉生。」

「誰？」大家一驚，白澤手指一拂，灑上一層晶粉，立刻現出一隻長著老虎爪子的紅嘴白腦袋黑鵰，吉羊和如意嚇得暴跳尖叫，啊，這到底是怎麼了？他們的防護陣法怎麼變得這麼不靈？一下子，藍衣和紅衣仙子跳上一朵雲就闖了進來，接著這無聲無形的「恐怖分子」又是打哪冒出來的？他們齊聲嚷：「你是怎麼進來的？」

「我就住在南邊不遠，從地底來，你們的陣法困不進地穴。」他剛說，如意就奇怪的思索：「你的聲音寬朗宏亮，一點都不像長期躲在地裡，但又能鑽地，你會不會其實是一種精魂？」

「『欽鴀』來啦！『鼓』呢？」白澤好像早就猜到了，很快也把他納進討論。欽鴀說：「鼓現在唯一的樂趣，就是到極北去兼家教，教養他那些小蛇人侄兒姪女們，忙得不可開交。我不一樣，單身漢，到哪裡都過得很自在。說真的，從相柳冰石浮現九頭蛇的圖像那天開始，我就焦慮得不得了，你知道的，我對戰亂太敏感，每次好心示警，都被當做災難凶獸備受責罰，如果有轉生機會，我想親自去逆轉災厄。」

「你知道，你可能什麼都不記得嗎？」一聽到這個問題，欽䲹點頭：「嗯，羊過也不會記得。」

「你知道，你可能再也回不來了嗎？」欽䲹還是點頭，並且感慨：「可惜，『天女魃（ㄅㄚˊ）』當年就不知道自己回不來，先知道，確實比較好。」

「這不是重點吧？」吉羊忍不住插嘴，白澤繼續問：「如果轉生後，你做錯了選擇呢？」

「還是比置身度外、無力可施時更好。」欽䲹一說，遠遠的，傳來更響亮的聲音，整個大廳震了一下：「說得好！我也一起去吧！」

餘音盤旋在整個屋子，連開明都被吸引出來了。白澤驚喜的迎了上來：「『應龍』，你怎麼剛好在這裡？」

「不是剛好，是天女魃最後的幻咒。」應龍紅著臉訥訥說：「我可以自由幻現在任何提到她名字的地方。」

「謝天謝地！所以，你是幻影，不是真的出現囉！」愛面子的吉羊自覺扳回一城：「我就說嘛！我們的警衛系統，如果誰都這樣來去自如，我們怎麼混啊？」

一直沒說話的欽原，看見小師傅出糗，忍不住嘎嘎嘎笑了起來。這時，應龍尾巴上有微弱的幻音反覆掙扎著：「別忘了我，我也去，我也要和應龍一起轉生。」

「是『冰夷』？」應龍吃了一驚，整張臉慢慢紅起來。除了搞不清楚狀況的吉羊和如意，其它人都不需要應龍解釋，全都笑了起來。

應龍在斬殺蚩尤後耗盡神力，失去天女魃，萬念俱灰，自以為躲到極南就可以了卻一切情緣糾葛，誰知道遇上冰夷，整天纏著他戰鬥，這樣鬥得沒完沒了。起先他「只求一死」，慢慢的，冰夷掃掉他死灰般的陰霾後，開始探聽他和天女魃的愛情細節，並且大聲宣告：「天女魃不在了，我要繼續愛應龍。」

這樣天真率直的冰夷，為什麼也想轉生了呢？

7 冰夷的願望

冰夷是誕生在崑崙山冰雪中的上古冰龍，吸收了「盤古」的殘餘靈力，擁有得天獨厚的控冰異能，性格暴烈、喜怒無常，一吐氣就寒雪四起，滴水成冰，萬物霜凍。後來，陸吾接管了崑崙山，總覺得她對天地萬物充滿威脅，不斷約束她的活動空間。

她好討厭陸吾，總希望找機會和他大打一架，誰輸了誰就走人，別老是有這麼多礙手礙腳的約束。不過，她的願望不容易實現，一方面，陸吾總是假惺惺的，對誰都很有禮貌，隨時都準備投降認輸，背後又有天帝的支持，有時候，極北那超級討厭的燭龍又要提醒她，不要去招惹陸吾，更讓她覺得崑崙山好煩喔！限制愈來愈多，每天又有好些神能低階的花精草靈們吵吵鬧鬧，光是掩耳不聽，都把她搞得累死了。

當她自願離開崑崙山，陸吾鬆了一口氣，不過她才懶得理他呢！這下，她能專心躲在南極的萬丈深淵中做冰梯，愛怎麼結冰就怎麼結，愛怎麼玩雪就怎麼玩，多自在啊！最好玩的就是在各地鋪上大片冰帽，等冰退後露出大量冰蝕地形，又尖又銳，好漂亮！整個南極地貌，都被她鑿得處處冰崖、白雪皚皚，玩起來痛快極了。雖然日子過久了，有一點點寂寞，不過，應龍來了！日子就變得更好玩了。

這人真有意思，平常不吃不動，好像死了一般，找他打架，看起來法力不強，沒有能力結冰造雪、崩天裂地，卻又有一種敏銳的眼力，提早預知她會從哪裡進攻，怎麼打也不會輸，讓她打得超級超級過癮，從上古到現在，她從來不曾過得像應龍作陪的這些日子，這樣開心過。

可是啊！應龍真奇怪，除了打架，大半時候都冷冷的，像南極的冰。不就為了天女魃為他犧牲了嘛！這有什麼好難過？我們不都是這樣嗎？如果喜歡上誰，一定會為他日後的快樂心甘情願而死，天女魃命都捨了，當然是為了看應龍活潑亂跳活著，難道看見他這死氣沉沉的樣子，她會高興？騙誰啊！她跟他講了幾百次，他總是不聽，冰夷最後只好使出殺手鐧：「好吧！那就換我來愛你，你總該打起精神，好好生活吧？」

冰夷從上古活到現在，實在不懂，為什麼總是有這麼多規矩、衝突和戰爭？人活著，不就應該圖個開心？像剛剛跟著應龍聽了一大堆轉生的意義、價值、目標、風險……，又是戰爭、又是選擇的，煩死了。我們活得這麼久這麼久，久到連自己都覺得很不耐煩了，有機會轉生做個平凡人，體會一下沒有法力、沒有打架，不能結冰又不知道該做些什麼的日子，不也很好玩嗎？最棒的是，應龍轉生了，應該就忘了天女魃了吧？這不就是說……

冰夷飛騰起來，身體晶瑩剔透，在夜裡反射的月光，照亮了整個南極，光輝耀眼，她開心的旋舞著，向著月光呼喊：「啊，應龍轉生後會愛上我耶！」

細細的幻音，隨著應龍的幻形，繞在開明府間。應龍紅著臉，完全不知道該接什麼？白澤笑了笑：「是啊！生命是條單行道，我們怎麼會忘了，轉生其實是一種美好的禮物？活著，不是為了戰爭，而是為了好好的愛。」

冰夷天真的願望，讓大家緊繃的情緒鬆了下來，怒犯天條的罪惡感、轉生未來的不確定、中土災難的悲憐和焦慮，以及對羊過、對欽鵐、對應龍、對冰夷究竟會做什麼選擇的忐忑猶疑，這時都化成祝福，但願大家都能好好去愛。白澤終於下定決心：「距離月圓還有十天，我們各自準備。應龍和冰夷，一定要趕在星月引力最強時，到我的莊園來。」

紅衣仙子立刻聯繫雷公和風后，接蓄山川靈能；藍衣仙子掐算無數生靈壽限，匯集著數不清的零星時日，盜接壽引；吉羊和如意精密計算躁動靈力可能分岔出來的各種時空誤差；欽原不斷纏著土螻吐露耽心。白澤走訪燭龍，商議在月圓夜，借用他的陰眼為轉生前的幽冥鑿路。

只有開明，早早避開大家，什麼都不參與，他不想洩漏大家的祕密，又不願對不起師傅，心情拉扯得最厲害時，就披上火鼠皮衣到火焰山去找早已知情卻幫不上忙的火鼠抱怨：「為什麼總是強調規矩的藍衣仙子，也想叫我別遵守規矩了呢？」

「因為，我們每個人的心裡都有缺口，我們都想得到一個機會，想辦法圓滿這些缺口。」火鼠靜靜回憶，要不是他一時疏忽讓「窫（ㄧㄚˋ）窳（ㄩˇ）」闖過火焰山，鳥語花香、衣食無憂的弱水兩岸，不會經歷那麼慘烈的浩劫。所以當他知道開明正在拯救窫窳的魂魄遺孤時，自願日損元神，為藍衣仙子準備火鼠毛。

仙界的人雖然不提，可是，人人都知道，藍衣仙子的父母親，當年都站在西王母的對立面，摧靈毀魂、造虐無數，藍衣仙子會這麼在意生靈活壽、這麼理解羊過的痛苦，都是因為她自己也揹負著沉重的包袱。

「我是崑崙山的小總管，又是吉羊如意的監護人，什麼都不做，對嗎？」開明非常迷惑。這隻曾經在「生存遊戲」和他拼到你死我活的火鼠，溫柔牽起他的手，熱呼呼的吐著氣：「就是因為你是崑崙山的小總管，更要學會什麼都不做。就像陸吾，大部分的時間他都這樣，讓大家自己做、自己想，你不需要參與，只要學會理解。」

開明點點頭，有點不安，又有點通透，遠遠觀察著大家的準備。月圓夜時，如意先來找羊過，知道他有點不安，笑笑遞給他一枚好可愛的九頭虎晶玉：「送你，這是我們『開明護衛隊』的信物，我怕你轉生後忘了。來，這是特別設計，只要兩個手掌合起來，就可以融進你的皮膚裡。」

羊過低頭一看，掌心裡果然多出了個淡淡的九頭虎印子。欽䲹、應龍和冰夷很快也到了，白澤領著大家走進精心布陣的「八陣圖」中的「死」門。冰夷不懂：「為什麼要進『死』門？我們不是要轉生嗎？人死了，等一下怎麼到『生』門？」

「你到不了。」藍衣仙子笑得很努力，只是笑容淒惶，一點都不好看：「我會先在死門掐斷你們的壽限，並由紅衣領天引地，在天旋星馳間鑿開縫隙；再由燭龍張開陰眼，為你們照見幽冥；接下來，我們會把所有的神力全都灌注在『三陽開泰』，陽生陰消、逆轉壽元。至於你們在幽冥界能不能順利轉生，就得靠運氣了。」

冰夷吃了一驚，來不及回答，白澤大喊一聲：「時間到了！」霎時，雷動山破、風雲騰飛，摧朽拉枯的氣勢，狂轉成激烈的風旋，大家眼睛一閃，瞬間昏迷，連遠遠站在「八陣圖」外的開明都跟著倒了下去。

不知道過了多久，白澤第一個醒來。他站起身，往「死」門一看，羊過、欽鴀、應龍和冰夷，全都消失了，一時，竟不知是喜是悲。

人間試煉

1
白澤自囚

為了替羊過爭取新生的機會，到一個誰都不知道相柳、誰也不會用偏見來評價他的新天地，白澤和藍衣仙子合謀，盜用上古至陽寶物「三陽開泰」，邀得紅衣仙子和燭龍協助，精心布下「八陣圖」，從「死」門送走羊過、欽鴉、應龍和冰夷，而如今羊過生死未知。白澤向陸吾請罪，自願幽囚在北海極冰處，受日裂夜凍之苦，陸吾一聽，安靜了半晌嘆口氣：「你這又何必呢？」

「應該的。」白澤苦笑，朦朧的身形露出悲傷的眼底，雲起霧湧，盤旋著無限思念。陸吾知道，他一定又想起了天地大戰時，父母親在激烈戰局中，以肉身環護著毫無防身能力的他，讓他保住一念清明，要不是陸吾剛好經過，以「三陽開泰」助他起死還生，他可能撐不過幾個時辰。不過，他全身經脈都被霜刀震裂，此後極度畏寒。當年的他從生死邊陲甦醒，只顫抖著身體問：「這寶物，可以救我父母嗎？」

陸吾別過頭去，不忍回答。年紀很小的白澤沒有哭，反而笑了：「是啊！我又何必癡心於此，天地間比我慘的，太多了……」

白澤在崑崙山南長大，日夕苦讀，袖底總攏了個精巧的小火爐。幾千年來，不知道救了多少人，他還是惆悵感慨：生死磨難，怎麼救也救不完，但求盡己而已。「但求盡己」，是他向陸吾致謝的方法，現在，他想把同樣的機會送給羊過，讓他重新活出屬於自己的光彩！

陸吾遲疑了一會才說：「如果你還認我這個大總管，就到燭龍的冰穴去報到吧！」

「燭龍也是共犯呢！」白澤輕輕一笑。陸吾沒好氣的說：「難道還要處罰這位超級老爺爺？你不知道嗎？這得冒天地失衡的風險！我看你們就好好作伴、好好反省，順便寫個報告吧！」

「謝謝。」白澤褪下幻形，清澈的眼睛就跟當年那個剛剛被陸吾救回來的孩子一樣，好像都永遠不會老。他安安靜靜的盯住陸吾，一會才說：「我知道你是想讓燭龍照顧我。謝謝你，長久以來，一直容忍我的任性。」

陸吾手一揮，很快走了。他知道白澤自囚北冰，就是怕天帝找他這個大總管，追究「三陽開泰」逆死轉生的疏失。白澤所有的努力，總是拼命在回報他幫他續命的恩情，這時，他卻得眼睜睜看他受苦、減壽，毫無解決辦法。

連王母娘娘都不肯接受他的說情，堅持把原來的藍衣仙子和紅衣仙子送回玉山，新指派的紅衣仙子和藍衣仙子已然遞補仙籍，貶為戍衛的小紅和小藍，再也不能重回「瑤池聖境」了。

幸好，他悄悄去了趟玉山，看小紅歡天喜地在巡山，小藍陪在她身邊，忐忑著，心裡充滿了愧疚卻又不知從何說起。小紅看見陸吾，開心的拉著他的手，要他向小藍證明：「你說，我是不是老早就跟你說了一百遍，我不想當紅衣領隊，想過過自由自在的生活！」

小藍盯著陸吾，又繞回來盯住小紅，研究著他們兩個是不是老早就「串供」了？陸吾揉了揉小紅的頭髮，這淘氣的孩子像極了開明。他心裡浮起了一點點暖意，轉身對小藍笑：「嗯，『瑤池聖境』聽起來很美，但對小紅來說，卻是世界上最不自由的戒律院。她不喜歡受約束，自然也不想約束別人，只是，她感恩王母收養了大家，便順著她的期望，拼命完成她的要求。這是小紅的自我要求，慢慢也變成她渴望卸下的枷鎖。你不覺得一開始，她聽到這個逆天計畫時，答應得太爽快了嗎？」

「是，這，樣，嗎？」小藍還是有點懷疑，小紅已經飛身繞著十幾棵樹的最高枝，像一朵紅雲，響起一長串笑聲後，旋了一圈才輕巧的落下來：「瞧！我們現在多自由，想飛就飛、想睡就睡，不必怕做錯決定，也不需要整天提高警覺，盯著夥伴，深怕自己的小隊成員犯了什麼錯。如果一開始的人生可以選擇，這就是我最喜歡的生活。」

小藍看得目瞪口呆。她知道自己盜用至寶，確實錯了，是以真心領受處罰，小紅卻像是得到什麼天大的獎賞，這真的是她們在聖境裡認識的那個「樣樣都最拔尖」的大師姊嗎？陸吾忽然想起白澤說的：

「你是在維護足以讓人人安居樂業的崑崙山？還是，其實你只是在維繫天庭的秩序？」

是啊！天庭的秩序是一定要好好護衛的，否則天地不就又要大亂了嗎？但是，他也真的希望，人人都能安於自己所居、樂於自己所業，這就是為什麼，跌落人間的相柳冰骸經過千萬年的日月菁華，能夠被一個愛畫畫的孩子孵育出靈性，當九頭蛇的血魂被喚醒後，陸吾表面不說，其實他比白澤更著急，一旦血魂壯大到足以從這孩子身上「奪胎」然後「換骨」，必會釀出一場驚天動地的災難。

白澤這個孩子，陸吾從掏出「三陽開泰」為他接續心脈時就感應到，他的心靈乾淨如天地初開，絕不會在災難之前置身度外。陸吾和白澤一樣，非常想要知道，經歷過轉生後所有的混亂和抉擇，羊過究竟會承傳相柳暴烈的血脈？還是會凸顯出白澤溫柔的心懷？

他讓白澤去燭龍冰穴，除了是讓燭龍照顧他，更重要的是，他確定這個鬼靈精，一定會想盡辦法「說動」從不管世俗變化的燭龍，運用神通，蒐尋相柳的冰骸和冰夷的轉生，一起透視凡塵，從極北冰海邊最華麗的彩虹冰殿；看見人間試煉，正要開始。

2 海兒泡沫

很久很久以前，中土人間傳說著：在極北最遙遠的冰海邊，矗立著一座華麗的彩虹冰殿，國王統治著人煙稀少的荒寒凍土，因為大家都以為冰天雪地的生活很辛苦，沒有人知道，就是因為災難和考驗太多了，使他們必須降低慾望，安然接受各種分離和傷痛。在那裡不分皇族或平民，大家一起住在冰殿，相互依存，把每一天都當做最後一天，友好的善待每一個人，珍惜瞬間的美好和溫暖，每一夜臨睡前，總是對即將降臨的「明天」，充滿感謝。

春秋兩季，當天地間呈現奇蹟般的極光時，他們努力的鑿冰折射，像藝術大競賽般模擬著這些璀璨的光影，不斷擴建彩虹冰殿，以紅色和綠色做為主色調，再混出藍、粉、橘、黃色……，人人透過自己的敏銳捕捉，隨著下雪和融冰，不斷調整折射光彩，他們努力留下「美」，而不計生命長短。「在倉促的一生中活得更美！」這是冰國人民最強烈的信仰，所以，當國王的小女兒海兒公主即將滿十六歲時，所有人民努力開鑿最美的冰燈雪雕，為她打造最棒的生日歡會。冰國的王子、公主，都在這些絕美的光影中，走出他們的童年，負擔起最艱難危險的工作：「照顧人民」，是他們從小到大的信念。

「被照顧的日子是極光，暖暖的，非常美麗；照顧人的日子像是黑夜，藏著無數的考驗和挑戰。」奶奶常常告訴他們：「感謝有黑夜的休息和思考，我們才能看見極光的好。冰國王族，守護美好，這才是生命中永恆的追尋。」

海兒在全國人民的愛戴和祝福中慶生時，也期許自己一定、一定要努力守護美好！這時，南方海域的超級暴風雨像張吞吃一切的「怪物的嘴」，摧毀了海面上所有的船隻，人、畜、財物全都沒了，漆黑的大海上只剩下一小點紅光，忽隱忽現，好像自己有靈性般，一點點、一點點的向北挪移，在絕望的黑暗中，海兒公主最先發現這道靠向極北冰殿的光影：「咦？有生命氣息。」

她毫不猶豫的扯開精美衣飾，換上潛水衣，越過驚天駭浪，救回海面上的少年。小公主這麼勇敢，大家都覺得很驕傲，竭盡全力搶救這個早已凍僵了的孩子。他們發現，少年手上緊緊握住一個冰石，結晶裡隱隱約約透著九頭蛇的紅光，細膩鮮活，像個絕美的藝術品，後來他們就把這個孩子叫做「九蛇」。

九蛇的藝術天分讓大家好驚喜，無論他學到什麼，都可以修改、

補強，把所有生活用品做到絕美，習慣奉獻、服務的王子公主們，都喜歡從早忙到晚的九蛇，覺得他像奶奶口中的真正王族，努力在黑夜中創造極光。日子一天又一天過去，九蛇就這樣和王族一起長大，尤其，和海兒特別親密。他把九頭蛇冰石打造成精巧的冰晶項鍊，準備送給海兒，她卻握起他的手，包覆住九頭蛇冰石後推回給他，認真說：「謝謝你，我知道你對我好，這只要心裡知道就好。這是你的來處，要收好，我們每一個人，若是有一件信物可以讓我們想家，是一件最棒的事。」

九頭蛇冰石閃了閃紅光，當九蛇戴上項鍊，冰石垂在胸口，像在吸吮著人類的心口氣，一天比一天紅得更鮮豔，大家都爭相欣賞：「九蛇啊！你這是怎麼做的啊！好像是養一隻小寵物，有生命似的！」

長期和大家一起創造絕美的冰石和雪雕，九蛇已經把「追尋更美

的極致」當做了無可動搖的信念，雖然他什麼都沒做，也不知道九頭蛇為什麼一天比一天紅得更鮮豔，但因為一點點年輕人爭強鬥勝的私心，他沒有解釋，所以，沒人發現九頭蛇冰石真的有不受人類控制的意識。

九蛇知道海兒喜歡飛龍，就默默以這條冰石項鍊做樣本，打造一座冰龍偏殿，搭一整套精美絕倫的冰龍首飾做聘禮，向國王求親。整個王室都好開心，冰國子民欣賞他、信任他，也盼著有一天九蛇和海兒可以成為他們的國王和王后。當大家在婚禮上大肆慶祝，這時早已「奪胎」成功、占據九蛇一半肉身的九頭蛇血魂，總算等到他取得王室身分，立刻毫不留情的在婚禮現場，不斷吞吃冰國子民全部的靈魂，準備正式「換骨」，掠奪九蛇的靈魂。

王室的靈力，感受到九頭蛇侵天占地的野心，王子和公主們都不計犧牲，爭取時間把倖存的人民從浮冰間送走。海兒在最後一瞬擋住九頭蛇竄進九蛇心口的一縷最強悍的血魂，她的心破碎了，卻還是拼盡所有的力氣，用碎片包裹住九頭最要緊的主血脈，緊緊糾纏、消融，直到自己慢慢化成泡沫。

當清晨第一道陽光打在她身上時，她發現自己的魂魄化成無數無數的泡沫簇擠著，盤旋，上升，飛騰……，慢慢聚攏出晶瑩剔透的耀眼光輝，就像……啊，她甜蜜又心疼的想起，就像九蛇雕製的冰龍。這時，所有前世今生的記憶都在意識裡沸騰混攪，她什麼都想起來了！她是海兒，也是冰夷，當藍衣仙子說她到不了「生」門時，她一急，比誰都搶先轉生，加上殘存的上古神能，在羊過、欽鴀和應龍還在幽冥界摸索的時候，她已經轉生在最熟悉的極北冰殿。

她轉身，看見應龍轉生的小嬰兒，在浮冰中打轉，心底一暖，應龍還是惦著她的，所以才會追逐著她的行跡。她抱起小嬰兒，升出無限感慨：原來，她愛應龍，就像追逐一個「隨時想要打贏他」的玩具，這種感情和對九蛇的眷戀是不一樣的。

現在她才理解，有一種愛，藏著捨身粉碎也放不下的千百般牽掛，天女魃為應龍犧牲，就像海兒最後一瞬寧願化為泡沫，也要九蛇好好的，好好的……

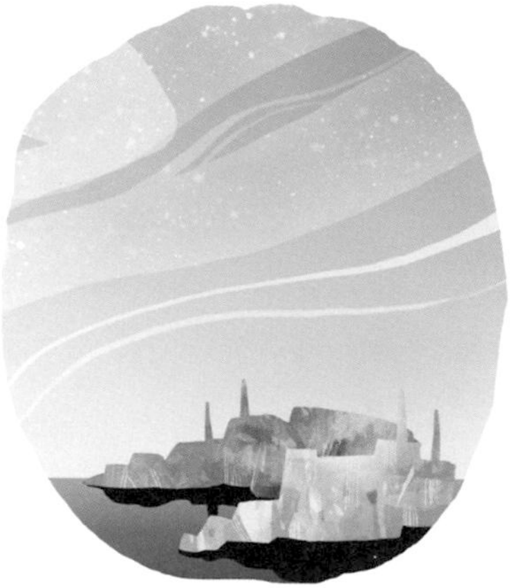

3 九蛇城堡

九蛇怎麼可能好好的呢？冰夷回天庭前戀戀回首，心裡非常牽掛，九頭蛇已經侵占九蛇大部分的意識，並且帶走極北冰殿所有的財富和存糧，準備打造一個戰爭強國。幸好，九頭蛇最重要的心魂被她封在無限摯愛裡，如果九頭蛇想掙開綑縛，就有機會讓她的記憶，一點一滴滲入九蛇原來的意識，喚醒原本那個天真善良的少年，喚醒他最後的心志，絕不能讓寄託在他身上的九頭蛇，野心得逞。

只是，九蛇真的還有能力回應她的愛嗎？冰夷落下淚，騰身將轉生的應龍送到中土。她知道，九頭蛇翻天覆地，必將從中土崛起，放下應龍之前，她把九蛇曾經紋印在她身上的冰龍圖騰，轉印在小嬰兒眉心，期盼兜兜轉轉，應龍一定得找到九蛇。她必須回家了，只能抱著這一點點願望，把未來寄託在茫茫的風裡。

隨著風的傳說，殘破的中土大地裡，最多就是小孤兒的磨難和奮鬥故事，小孤兒大量病苦殘死，同樣的，也有更多小孤兒攀找著任何機會，努力活下來。一大批又一大批的小孤兒相互轉述，他們一路往九蛇大人的城堡去了！那裡有好多好多吃的，永遠不會餓肚子。一波又一波，來自不同的破落小鎮和遙遠鄉村的農民、商人、百工師傅也都湧了進來，九蛇大人的城堡永遠都在擴建，不斷分出新區建設，提供人們安定溫飽的生活；同時也不斷整編愈來愈多的小孤兒，編組成強悍的「晶鋼戰士」軍隊。

「晶鋼戰隊」成長得非常快，他們無牽無掛、心性堅忍，任何不肯順服的小城邦，全都在迅捷的騎兵掃蕩後，集中不肯投降的人民，連他們的家人、財產一起燒掉，不准留下任何叛逆遺痕。

但是，因為作戰鐵令是「只有前進，不能後退」，所以，他們死亡的速度更快。沒有人注意到，中土西岸血戰時，有一整隊「晶鋼戰隊」困在叢林，面對恐怖的沼澤怪獸和食人巨花，看著並肩的夥伴不斷死去，人人都在絕望中吶喊著：「接應我們的夥伴，到底什麼時候才會到啊？」

「馬上來了！」隊長阿V心知肚明不會有任何接應，只能拼命替大家打氣：「記住，打起精神，守住撤退路線，我們快退出吃人沼澤了。」

幸好，眼角餘光一掃，他發現轉角處有山洞入口，一定得把夥伴們塞進去，只要掙得時間差，把洞口堵起來，大家就安全了！這樣，才有機會活著。對！好好活著，他們千辛萬苦流浪到九蛇大人的城堡，冒著九死一生戰鬥到現在，不都是為了好好活著嗎？

當小隊全部退進洞穴，大家終於安全了！筋疲力盡的阿Ｖ封死入口，筋疲力盡昏睡過去。在隱隱約約的夢境裡，他重新回到懵懵懂懂的小時候，他們這些小孤兒，自從踏進九蛇大人的城堡，吃到第一頓飯開始，就得到一個編號。０９０２，他是第九百零二個孤兒，或者是不知道遞換過第幾輪的第九百零二個孤兒。後來跟著一大群一起流浪好久的夥伴一起被編進Ｊ小隊，Ｊ隊長一直很認真在訓練他，靠著戰鬥、戰鬥，不斷的戰鬥，他舊時同伴都戰死了，只剩下他一個人擠進「晶鋼戰士」軍團，又在一次次血腥廝殺中，當上隊長，於是，他有名字了！

第一次聽到自己叫做「阿Ｚ」時，他好開心啊！然後，開心不了多久，他就發現，對這些總想著求勝、求死的偉大戰士們而言，死亡，就是「光榮」！一個小隊長死亡，另一個小隊長立刻遞補，就像上上週他剛從Y隊長遞補成X，沒兩天又替換成W；後來才剛聽到V死了，自己就變成阿V。

阿V？他站起身，整理好一身軍裝，嘆了口氣。現在整個小隊等同失蹤，沒人知道他們還活著，阿V應該換人做了！也就是說，從現在開始，自己已經沒有名字了。還記得當上阿V那天，J隊長瞇著眼睛打量著他眉心間，若隱若現的龍形胎記說：「還記得嗎？你第一次上戰場，就因為出色的戰略被叫做『龍戰士』，沒想到，你還真能打！該不會真的是龍戰士轉生的啊？記住喔，很快你就會取代我，變成J、變成E，甚至有可能變成C、變成B、變成A。你本事大，到時候，別忘了好好報答九蛇大人啊！」

好啊，好啊！他一股腦兒的答應著，充滿著歡欣和熱血，這時回想起來，才體會J隊長「命懸劍上」的悲傷。他看看洞穴裡這些比他還小的戰士，一個個又累又餓，不知道什麼時候才可以回到九蛇大人的城堡吃一頓飽。咦？他停下來，開始認真的想：身為這些孩子們的隊長，他真的想帶大家回去吃一頓飽後，然後再繼續這樣擔心受怕、賣命廝殺嗎？

回想起這些年，九蛇大人統領的土地愈來愈大，在連年饑荒的中土大地，傲然起造冰鋼和晶石鍛造的堅固城牆，莊園、花園和田疇交錯，高聳璀璨的彩虹尖塔矗立在城堡中心，好壯觀啊！

這種勢不可擋的占據和摧毀，激起更多城市和鄉鎮形成大聯合反抗陣線，使得九蛇大人決心掏選菁英，嚴加淬煉，改造成更強大的「晶鋼獸」，他讓士兵們彼此相互競爭，同時也聯合進擊，遇到頑強抵抗的敵人，就合體成「晶鋼戰艦」，無論荒野、城牆，全都徹底碾壓成瓦礫碎片。他跟著這些「晶鋼戰隊」，崇拜的聽著九蛇大人洋洋得意宣告：「瞧，我們打下多大的天下呢！有我們在的地方，就有得吃、有得睡，這是多大的幸福啊！」

已經不叫做阿V的0902頹喪坐下，抱住頭，整個人埋在屈起的兩膝之間，不斷的想：這樣的「有得吃、有得睡」，真的幸福嗎？怎麼樣的生活才叫做幸福？我又想把這些孩子，帶到哪裡去呢？

4 楊岸鏡影

「衝啊！」「別逃，看我的厲害！」……，睡夢中隱隱傳來打鬥的聲音，０９０２急跳起身，以為遇到了追兵，醒來後才發現，洞穴很安全，而身後有細縫射進陽光，好像這時才相信，他們真的活下來了！沿著光線，他們側著身擠出岩穴，才發現隱密的後山有大片森林，野果碩大，瀑布流泉懸掛在山壁上映著陽光，宛如九蛇大人的彩虹尖塔，時而有山雞飛過、小兔竄跳，還有一大群頑童笑嘻嘻的拿著樹枝、石頭在「作戰」。這些孩子看見扁扁的石縫中忽然冒出這麼多軍人，全都呆呆站住，有一些膽子小的，急躲到一個髒兮兮的大孩子背後，只聽他大聲喊：「什麼人？別再過來了，小心我讓你們好看！」

「小朋友，這裡是哪裡？」０９０２曾經也是個愛打鬧的野孩子，看見這麼寧靜的小山村，好像這就是他尋找了一輩子的小幸福，心中湧起一股暖意：「你們的爸爸媽媽呢？」

「都死了！」領頭的孩子一臉傲慢，眼底射出一股恨意：「就是被你們這些穿軍服的殺了！」

「那你們吃什麼呢？」軍團中有一個特別心軟的孩子，站出來吆喝：「要不要跟我們一起回九蛇大人的城堡？有好吃的喔！」

「九蛇大人？」孩群中發出或大或小的騷動，人人竄逃。有一個特別小的女孩疾衝時絆了一下，０９０２隨手撈了起來，她在他臂彎裡惶恐尖叫，領頭的大男孩衝過來咬住他的手，抓下女孩往後一推，要她快跑，但那女孩哪都不去，只抓著他哭。

為了保護女孩「依依」，「楊岸」更是使盡力氣痛咬，簡直要把牙齒咬斷了！０９０２手一吃痛，順手抓住他，手一施力，掌心發燙，咦？這男孩的掌心裡竟隱隱浮出九頭虎的印子？這時，吉羊和如意聽到警訊聲，歡天喜的大嚷：「響了，響了！」他們急忙衝向「九頭虎如意鏡」前，眼睜睜看著一個壯實的軍人把楊岸這個無賴小孩扛了起來，依依在一旁哭得呼天嗆地：「別打楊岸哥哥，別打楊岸哥哥！」

「打就打，誰怕誰！」楊岸頭下腳上被抓過頭頂，說有多狼狽就有多狼狽，嘴巴還是不饒人：「有本事，就打你爺爺！」

「嗯，這還真不能打。」如意忍不住笑了出來：「一打下去，就真的得叫他爺爺了。」

「我賭這軍人聽不懂。」開明到得晚一點，看見楊岸好好的，還

是很高興，忍不住孩子氣的湊了一腳，還特別開心的揉揉如意的頭：「喔，原來他現在叫做楊岸，真有你的！九頭虎符的影像連線，真的成功了。」

羊過轉生前，如意找開明滴血做符，濾出「洞察萬物、預卜未來」的陸吾神能，做成「九頭虎晶玉」和「如意鏡」做兩端聯結，還笑說這是「開明護衛隊」的信物，不管不顧的把信號融進羊過掌心裡，等著在他轉生後，想辦法接收影像傳輸。當時，吉羊還老大不高興的抗議：「為什麼是如意鏡？我覺得吉羊鏡比較好聽。」

「還是如意鏡好，想要追蹤這小子，如意才好。」開明處理這兩兄弟的爭執，愈來愈有經驗：「我看，過幾天叫如意多做幾個吉羊符，只要想加入開明護衛隊的人，人人都發一個。」

「那太好了！」吉羊轉怒為喜。如意不甘示弱：「可是如意鏡只有一個，全世界獨一無二。」

吉羊還想爭辯，開明捂住他的嘴，急著轉移注意：「快看，楊岸到底做了什麼？」

楊岸早已掙脫綑縛，拉著依依滾進草叢，一會兒就消失得無影無蹤。如意鏡裡，他們什麼都沒看清，吉羊不敢相信的搖了搖如意鏡，不高興的瞪了如意一眼：「人哩？」

「可能要再等到出現激烈的力量時，才看得到影像。」如意瞎猜，不好意思的搔搔頭：「第一次做嘛！下一次不知道還有誰要轉生，多做幾次，就有經驗了。」

「還轉生？白澤關在冰穴裡呢！那可不是他的身體受得了的。」開明惡狠狠的瞪了這兩兄弟：「你們還是多想想辦法，看怎麼幫羊過快快完成任務、快快回來。這孩子不成大器，就沒人勸得動白澤回家。」

「我們為什麼要管這孩子成不成大器？」吉羊才說，連如意都忍不住抱怨：「是啊！他是我們的仇人耶！」

「那你還給他開明護衛隊信物？」吉羊指著難得和他站在同一陣線的如意，愈說愈生氣：「假做好人，吃裡扒外。」

在這兩個孩子不斷吵鬧中，他們找不到的羊過已經躲在山溝裡，悄悄走了段長路，直到聽到嘩啦啦的瀑布聲，才放心的爬出來。一探出頭，０９０２就等在瀑布岸邊，依依尖叫起來，楊岸立刻把她藏到身後，冷冰冰的問：「你怎麼知道我們會在這裡？到底你想幹什麼？為什麼不肯放過我們？」

「如果你受到嚴酷的戰鬥訓練，就會對逃遁地形和求生機會特別敏感，我找了找，發現這裡是連通地穴的唯一出口。」０９０２很老實，像接受考試一般認真答題：「我不需要放過你們，因為我不想抓你們。我只是想知道，所有的孤兒都去九蛇大人的城堡吃飯了，你們為什麼不去？到底你們吃什麼長大呢？」

「關你什麼事！」楊過把依依推進瀑布裡的暗道，現在依依安全，他就放心了。他慢條斯理的轉過身，打量眼前這個軍官，怎麼看都不像壞人，便開始在心裡盤算，接下來該怎麼做？

5 隨風自在

「你叫什麼名字啊！」楊岸悠哉坐了下來，慢吞吞問：「打輸了吧？是不是遇上大麻煩啦？」

「我沒有名字，編號０９０２；不是打輸，是在叢林禮遇上怪獸和食人巨花，和部隊沖散了。」０９０２不改軍人本色，一板一眼作答：「剛撤退時有點麻煩，現在還好，整隊後就可以回家。我在這裡等你，是怕你們這些孩子流落在外，發生危險，想帶你們一起回城堡。」

「唷，看起來老實，原來這麼奸詐。想騙我們從軍，門都沒有！」楊岸似笑非笑：「誰不知道九蛇大人的孤兒軍團，不是訓練成殺人魔，就是丟進死人堆裡當砲灰。」

「你誤會了！我們戰鬥，都是為了讓大家有得吃、有得穿。」0902講到這裡，忽然停了下來，想起整個小隊被遺棄在叢林裡時，那些放大了的恐懼，以及迫近身邊不斷有人死去的絕望感。他停了一下，還是認真承諾：「我真的很希望，人人可以過幸福生活。」

「你嗎？你有什麼能力？還是說，最後都得靠九蛇大人？」楊岸懶洋洋的，好像只是站起來伸個懶腰，沒想到，他竟然對著0902脫下外衣，全身都是火痕。這時，他舉手打了個響指，四地冒出好多好多孩子，像調慢的特寫，人人都脫下上衣，每個人身上都遍布火痕。楊岸笑了笑：「不錯吧？為了你們要吃一頓飽，就可以毫無罪惡感的掠殺、放火。我們都是從你們焚燒的屍體堆裡爬出來的孤兒，還有更多來不及逃生的焦骸，那些，都是我們的父母親人和朋友。」

「你們，為什麼要反對九蛇大人呢？」０９０２微蹙著眉，不知道他們為什麼不喜歡九蛇大人？從他踏進城堡以後，九蛇大人給他們吃、安排他們住，還讓大家受教育，每天和一大群差不多年紀的孤兒，在規律的生活裡，訓練，戰鬥，訓練，戰鬥，從互不相識的陌生人，變成相依為命的家人。每一次在戰場上相互救援，能夠活著回來，就覺得那天的飯菜特別香、特別好吃。他偏著頭，眉心裡那個龍形胎記攏得更明顯了：「有得吃、有得住，還可以受教育，有什麼不好？」

「是啊！聽話的人就有得吃、有得住，不聽話的人呢？燒啊殺的，眼不見就算了。你受的這是什麼教育？還不如我們這些野人，想坐就坐，想走就走，說打就打，不想打也沒關係，這有一餐沒一餐的日子，過得多有滋味啊！隨風來去，自由自在。」楊岸翻個跟斗站了起來，帥氣的向他敬了個禮後，撮嘴吹了個尖哨，霎時，所有的孩子都消失得一乾二淨。

0902站起身，沒打算繼續去找，他回到營地，整隊，負責殿後護衛，把隊友們送回城堡，看著一個又一個身影跨進城門後，停了半晌才轉身離開。他踏著一條路又一條原來非常熟悉的路，意外浮起一股陌生的活力，以前總是大隊人馬在整齊的軍號聲中急行軍，現在卻在這寧靜的街區中，感受到一點點悠閒、一點點寂寞。他找了個茶攤坐下，風好涼，椰子樹好高，葉子隨風飄搖，感覺自己好像也變成一片葉子，搖搖曳曳，不知道什麼時候會落，更不知道會被吹往哪裡。

這時，他聽到身後有好聽的聲音，哼著不知名的歌。他轉過身去，看見一個睫毛好長的女孩，摘下椰子葉在摺蚱蜢，一邊摺著，一邊噙著淺淺的笑，像一朵將開而未開的小花蕾。他看著她顫著睫毛，拼命抖啊抖的，想甩開睫毛上的落葉碎屑，本能就遞出手替她抹了去，她微微閃了一下，順手把剛摺好的蚱蜢遞給他：「送你。我叫『小蝶』，你叫什麼？」

忽然，他很不想告訴她，自己只有個編號叫做０９０２。女孩的眉眼彎彎，他跟著她的眼神，看向隨風翻飛的椰子葉，也沒多想，竟然冒出：「我叫『隨風』。」

「隨風自在，真好的名字！」她一笑，讓他覺得整個世界都甜甜的，空氣裡布滿了以前從來沒想過的安心。這一整個下午，沒有訓練、沒有戰鬥，他只是在喝茶。原來，想坐就坐，想走就走，這有一餐沒一餐的日子，也是一種不錯的人生啊！

隨風重回從前跟著「晶鋼戰隊」燒掠過的村子，有一些聚落具有

隱密豐饒的地形優勢，他在那開闢「隨風農場」，收養一批又一批倖存的孤兒，不需要戰鬥訓練，不必冒生命危險，大家分工合作，耕種、吃飯，有興趣的人還可以讀書、練武。每隔一段時間，小蝶會到農場教這些孩子們做草編，她一邊哼著好聽的歌，一邊整理著棕櫚葉、馬蓮、蒲草、玉米皮……，什麼方便就摘什麼，帶著大家編、黏、交叉插置，看起來很簡單的工序，轉眼就摺出花、鳥、龍、蛇、龜、蟹、蚱蜢、紡織娘，大家還搭了戲臺演戲呢。

有時候，隨風會到茶攤坐坐，聽小蝶唱歌，心裡有一種特別寧靜的熟悉感，好像什麼想不通的事都被燙平了。他其實不太說話，只要小蝶在工作中抬起頭看看他，盈盈一笑，眼睫毛顫啊顫的，他就覺得，世界上竟然有這麼美的角落，簡直是奇蹟，他願意一輩子都坐在這裡。

6

小蝶清歌

「隊長，你怎麼不快點回來？」以前的V隊隊員聽說了隊長行蹤，特別找到這個茶攤來，反覆勸他回家：「我們以前的生活不好嗎？那些日子好親密、好充實啊！」

「我不是你們的隊長了！再這樣叫，新隊長就不高興了。」隨風難得的笑得非常開懷：「我現在叫隨風，來去自在，比起無止盡的燒掠、戰鬥，我更喜歡現在的選擇。」

隨風不知道，他們都沒有選擇，這些依賴他、喜歡他的夥伴們，誰都不敢透露，九蛇大人發現他還活著卻不肯回去報到，已經下了恐怖的摧毀令：「九蛇軍團，只有一死，沒有叛逃。誰敢透漏消息，一併懲處。」

沒多久，大隊軍團在清晨時抵達「隨風農場」，站崗放哨的輪值警衛還來不及示警，「晶鋼獸」就合體成了「晶鋼戰艦」，無聲無息碾壓過所有的屋舍、菜圃、田野，以及他們搬演草編故事的小戲臺。隨風聽到聲音，立刻驚醒，飛騰起身衝進睡房，瘋狂搶救著這些沒有受過戰鬥訓練、只懂得練武健身嘻笑胡鬧的孩子們。他們驚惶尖叫，到處都是汽油彈的臭味，淋上焦油的火焰熊熊拔高，燒裹著人體，發出淒厲的吶喊，隨風衝進火場，不顧衣衫著火，拼命抓了幾個孩子浸到灌溉渠的小河裡，又衝回火場，丟水裡，再衝回火場丟水裡……。這樣反覆無數次，完全沒發現「晶鋼獸」來得快，退得也極有紀律，只急紅了眼，拼命想著多救一個是一個，一點都沒注意到，手上搶救出來的孩子，幾乎都是焦骸了，一直到累垮在灌溉渠邊，他手上還繼續抓著剛救出來的孩子。

不知道睡了多久，陽光暖暖的，照著剛焚燒過的農場，隱隱飄著焦燒的臭味。他打開眼睛，手一握，掌心裡的焦骸就碎了，他的心同時也碎得片片細細的。根本不需要認真檢查，他就知道，灌溉渠裡裡外外，每一個他拼命救出來的孩子，全都死了！

為什麼？隨風流著淚，想起楊岸和那群瀑布邊的孩子們，即使全身布滿火痕，不也是成功從火堆裡爬出來了嗎？他對生命的渴望，從來沒有像現在這樣強烈，「只要活著就好！」他真希望能再聽到這些孩子們呼吸、嘻笑、吵吵鬧鬧。他轉頭遠眺九蛇大人的城堡，不明白他最敬愛的九蛇大人，為什麼會下這麼殘忍的命令？

隨風不知道，九蛇大人從來不管這些卑賤的生命，他只交代目標：「燒了農場，讓阿V走頭無路，他就不得不回來。」

就是這個命令，讓新任的V隊長氣瘋了！這個叛徒，早就不是阿V了，他討厭V小隊對他的想念，更嫌惡九蛇大人對他的重視。為了建立威嚴，特別命令一隊完全和他沒關係的新兵，專心剪除他從火場救出來的孩子，一個也不放過。他就是要他恨九蛇大人、不滿「晶鋼戰艦」，最好可以不自量力的想要報仇，這樣，他就會滾得遠遠的，永遠不可能回來！V隊長張狂大笑，回程時順手燒了茶攤，根本不必戰鬥，輕而易舉就讓他走投無路。

確實，一如V隊長的猜測，隨風在最絕望時，嚥了幾口乾澀的口水後，想著喝口茶，想看看小蝶。他蹣跚的走到茶攤，瞠大眼睛，愣在現場。茶攤沒了！火燒得很隨便，到處都散著小蝶的衣服、綁頭髮的緞帶，還橫倒著一個小籃子，裝了隻威風凜凜的草編大蚱蜢，以及一隻精巧可愛的草編小蝴蝶。農場被刻意淋上焦油，一切燒得乾乾淨淨，反而沒留下這麼多疼痛。隨風蹲下，拾起大蚱蜢和小蝴蝶，輕輕撫過每一道摺痕，手上的焦灰附上去，他急急想抹乾淨，結果愈抹愈髒、愈髒就愈急，耳朵邊忽然響起小蝶平常愛唱的那首歌：「急呀急的你，急到哪兒去呀？」

他很少說話，坐在茶攤，就是聽小蝶唱歌，平常很少注意到她唱什麼，總以為她就是對著天空、對著花香、對來來去去的蝴蝶和蜜蜂們唱著甜蜜和呼喚。這時，歌詞竟清楚的旋了出來，好像是小蝶對他最後的叮嚀：「急呀急的你，急到

哪兒去？如果黑暗的世界讓你不安，聞聞這花香；如果瘋狂的風雨讓你不滿，想想溫暖的家鄉。得意洋洋啊風風火火的你，又將飛到哪兒去？」

原來，洋溢在她歌聲裡的「得意洋洋風風火火又急呀急」的主角，不是蝴蝶、蜜蜂，是從來不曾聞過花香、從來沒有過溫暖家鄉的自己。從小在嚴苛的訓練和戰鬥中堅忍長大的隨風，第一次，很想讓小蝶知道：總有一天，他會帶著大家，掙脫九蛇大人的控制，讓每個人都有機會自由選擇，隨興的創造出屬於自己的美麗。

此後好幾年，隨風一直在盤點九蛇大人的弱點，九蛇大人的擴張，快到極限了！孤兒們從無牽無掛中訓練出來的堅忍心性，本來是好事，太多的殺戮競爭，卻讓每一個冒出頭的將領都變得很殘酷；相互遞補的軍制，本來是為了在禦敵時表現毫無縫隙的戰鬥力，時間久了，卻讓大家相互牽制，形成一種二十四小時不敢放鬆的恐怖平衡。當年燒掉「隨風農場」的V隊長升到B隊長時，為了晉升A隊長，設下了暗殺埋伏，卻反被無時無刻想要取代他的屬下出賣，死得非常慘烈。

檢視中土戰局後，隨風愈來愈確定，自己的使命，就是撕開這種恐怖平衡，讓世界重新開始。

7 依依送別

隨風一向安靜，失去小蝶，經歷過「隨風農場」的慘烈火焚後，就更少說話了。因為他不肯歸隊，引發九蛇大人不滿，發布鋪天蓋地的追殺令，他只能不斷逃亡。幸好遇見了楊岸，幾次在危急瞬間，靠他領著一群夥伴聲東擊西，在一團混亂中把他挾帶出來。他們有時偷了九蛇大人最寶貝的新武器，有時爆破偏殿，有時酸蝕冰鋼晶石城牆，有時偽裝成「晶鋼獸」竄進「晶鋼戰艦」的合體，從內部炸掉好幾座「晶鋼戰艦」……

這些孩子，到底經歷了什麼樣的苦難，可以這樣堅強的長大？隨風發現，這個亂世走到哪裡都是乞丐，楊岸的游擊隊以龐大的乞兒為基礎，一點都不曾引人起疑。上次見面，楊岸遞了條破爛的抹布給他，匆匆交代：「這是『趙』字令，最高動員等級，遇到困難，想辦法交給乞兒，就會有人來幫你。」

楊岸一閃即走，他苦笑，低頭翻了翻，在抹布角落找到了些混亂的針腳，勉強看得出繡了個「趙」字。隨風本來沒什麼信心，不相信一條抹布能有什麼作用？但後來遇到幾次災難，真都是這些年紀好小的乞兒救了他。

有一次，脫不了身，有個大一點的孩子用勁把他推出城門後，立刻炸掉整片牆，追兵、乞兒、路人，包括孕婦和小孩⋯⋯，隨風心好痛，腦子裡只迴盪著所有人的傷亡慘烈，不知道為什麼只有自己活了下來？

身上的傷不斷惡化，隨風不治療、不吃飯、不休息，只茫茫然走著走著，直到昏了過去。不知道過了多久，他感受到一種接近小蝶的溫柔，有人在處理他的傷口。他低吟，慢慢張開眼睛：「你是……」

「不認得我啦？我是依依。」她一笑，和童年一模一樣彎彎的眼睛，勾起他的記憶。他勉力靠在床上：「哇，你長這麼大了。你怎麼會在這裡呢？」

「城塌時，有人放了第一級求援煙火，這是極少數幹部才能擁有的保命符。」依依收起笑容：「沒想到，他不是為了自己，是為了保你的命。」

「為什麼？」隨風不懂。依依笑了：「這就要問楊岸大哥囉！」

提起楊岸，依依的臉顏化為春水，宛如收到一件特別幸福的禮物。隨風一時看呆了，想起了小蝶：「你知道嗎？我真想送我朋友一抹像你這樣的笑容，可惜，她走了，再也不能這樣笑了。」

「我們送走的親朋好友，太多了。」依依收起笑容，安慰隨風，同時也安慰自己：「只要我們更努力，總有一天，大家都能過上吃啊喝啊，整天都笑嘻嘻的日子。」

「這是楊岸說的？」隨風挑高眉，心裡充滿懷疑，依依卻深信不疑的點了點頭，回顧這些年來，無論在災難中解救了多少小孤兒，楊岸總讓能幹的大孩子帶著小小孩到西島去。

聽說，在那個安全的小島上，有個神算大師，叫做「秋吉兒」，十幾年前就算定中土會燒起驚天戰火，他耗盡家產，築碉堡、囤武器，不斷訓練人才，人人都當他是瘋子，根本沒人相信，直到這些年，眼看中土的血腥戰鬥，快要延燒到西島了，大家才慢慢把多餘的物資送到他那裡，小小的西島與中土隔著溫柔如綢緞的「羅幔海峽」，建立起牢不可破的反抗戰線。依依說：「楊岸大哥希望你去西島。你是個聰明又受過訓練的大將軍，並且深深了解九蛇大人的軍隊弱點，將來領軍反攻，非你不可，這就是為什麼我們都願意犧牲自己來保全你。」

「這也是楊岸說的？」隨風對自己都沒有這麼大的信心，忍不住苦笑：「沒有證據的事，只要他說了，你們都相信？」

「是啊！沒有楊岸大哥，我們不知道都死過幾百萬遍了。」依依充滿信心，隨風卻神情黯然：「為了這個根本不知道會不會實現的夢想，你們讓城牆裡的那麼多人去死。」

「楊岸大哥說，大家要想辦法活著！如果不得不死，得讓敵人死得比我們更多。」依依長得甜美，說起叫人去死，就好像只是摘了一朵花那樣輕易。她忽然又笑了：「嚇到你了吧？楊岸大哥說，我們如果不能自由自在，活著，還不如死了！但是，在我們去死以前，一定要確信，我們的死，可以讓未來的孩子們，活得比我們更自由自在。」

「希望西島的孩子，有一天回到中土，可以找到幸福。」依依望向窗外，心裡充滿期盼。她轉身催隨風準備到西島，告訴他：「別擔心！九蛇大人的消息，我們會繼續傳給你。留在中土的人，我們藉由《百家姓》前一百個字編隊，從『趙錢孫李』、『周吳鄭王』到『顧孟平黃』、『和穆蕭尹』，楊岸大哥說，我們都是孤兒，從團結在一起以後，大家都是一家人了，姓什麼都可以，還可以順便認字。」

隨風忍不住笑了，是啊！亂世飄零，姓什麼都可以，他摸摸懷中繡著「趙」字的抹布，才想著乾脆自己也姓趙吧！這時，腦子裡浮起小蝶茶攤上自由翻飛的椰子葉，當依依送他到偷渡碼頭時，上船前，隨風忽然非常確定，自己就姓「葉」吧！

帶著對小蝶的憧憬和記憶，認真活下去。他浮起如小蝶那樣溫暖的笑容，對依依說：「你還不知道吧？從現在開始，我叫葉隨風。」

歲月安好

1
西島的秋吉兒

秋吉兒醒得很早，看完日常報紙、情報網的資訊，和各地組織對當地現況的觀察、猜測後，該批示的都送出去，該存檔的也存了檔。他伸了個腰，拉拉筋，順便甩甩手，趁太陽剛升起，到固定前往的羅幔海邊散步，他喜歡看浪翻千里，滾得遠遠的又安靜下來，遙遠的海天接線筆直的如綾羅綢緞，亮閃閃的，像生命最寧靜的歇息。如果每一天都可以過得這麼平平淡淡的，不知道有多好！

「只要平平淡淡的就好」，這就是他的願望，沒人懂得他在想什麼，從小到大，他常聽人們議論，都是媽媽寵壞了他。秋深時海象翻騰，父親出海船難的消息傳回西島，媽媽昏了過去，好不容易生下這個僅存的公爵血脈，只叫他「阿吉」，盼他一輩子遠離災厄，無憂無慮就好。貴族聚會時，為了培養接班人，他們運用各種方式讓自己的孩子在戰爭遊戲中獲勝，秋吉兒卻總是稱病離席。他只要聽到打打殺殺就皺眉，媽媽總帶著歉意向大家解釋：「這孩子是早產兒，膽子小一點。」

其實，他不是膽小，只是對戰爭特別反感，只想安安靜靜的看書、做筆記，把小小的兒童房布置得像書庫，大部分的保姆、僕佣、廚工、園丁，都變成了他專屬的「圖書館員」。寵愛他的媽媽，在他滿十六歲時，決心將家族城堡轉型成「秋吉兒圖書莊園」，並把大部分的財產交給他打理，她語重心長的叮嚀：「孩子啊！媽媽身體不好，不知道還可以照顧你到什麼時候，你要想一輩子都當無憂無慮買書、讀書的『阿吉』，就要記住啊！要想辦法運用這些財產，讓錢滾錢，才能避免戰爭，自由自在的活在單純的世界裡。」

媽媽的睿智，一直是他心口裡最溫柔的火焰。他照著媽媽的叮嚀，從龐大的資訊分析庫獨立出理財小組，專研大海洋時期興起的各種嶄新投資，成立不同的專業團隊，讓不同的專家相互合作，同時也彼此競爭，以西島做基礎，聯合中土、東荒、南海，爭取財務聯運，無論是小型的錢莊，還是大型的銀行，都布下或大或小的股份，彼此支援，同時也分散風險。除了九蛇大人從北冰帶回來的龐大財富足以形成挑戰，幾乎沒有多少人可以撼動「秋吉兒圖書莊園」的財務安全。

當九蛇大人矗立起指標城堡，他心裡非常不安，想起很久以前在古圖錄中讀到一種神鳥，叫做「欽鴀」，是一種死後化為大鶚，常被當做帶來災難的凶獸。對這隻鳥，他總有一種「同類相應」的直覺，他們都對戰亂「過敏」，有一種「走向毀滅」之前敏銳的恐懼感。有一次，秋吉兒翻到一首詩，看見「梧桐長苦寒，竹實長空飢。眾鳥驚相顧，不知鳳凰是欽鵶。」的字句，忍不住皺起眉，這什麼意思啊！竟誣指欽鵶假裝鳳凰，卻又受不住梧桐苦寒，吃不了潔淨清竹，這種陰暗生物只配在陰溝裡啄爛食腐？他氣憤這些太平人，他們根本不了解戰爭的痛苦！一怒之下，就把這個東荒作家所有的作品都摧毀了。

他就是這種個性，很難接受和他不一樣的意見，所以，當整個西島貴族都熱中和出手闊綽的九蛇大人聯姻、作客、生意往返時，他幾乎是以個人力量對抗整個西島，把莊園擴建成碉堡，除了資料分析之外，也開始訓練情報人員，想方設法分析各種人際、經濟、政治、軍事、武器的些微變動。

這也就是為什麼，他特別欣賞在中土的楊岸，一方面不斷提供他各種經濟支援，一方面也非常仔細的測試他送來的孤兒，了解他們的個性和潛能，訓練，組織，因材施教，轉而成為楊岸不斷的人才資料庫，並且建立一個完整的「楊岸研究室」，不斷在他正邪難辨的冒險中，模擬著如何統整他的經驗，等待有一天，整個西島必須團結起來，和中土九蛇大人最後對決。

楊岸這孩子很特別，沒什麼必然的道德感，必要時，他可以去偷、去搶，活下來，就是他的本能；也沒有什麼「保護弱小、婦孺優先」的英雄氣概，常為了讓最大部分的人可以活下來，指定生病的、受傷的夥伴留下斷後，讓更健康、更有用的組員全體逃亡；有時候更奇怪，一見最親密的朋友死亡，他沒有悲傷，而是立刻把微溫的屍體丟進火海，踩著屍身劈開血路，從漫天火焚的烈焰中，救出更多孤兒，並且指揮身邊的人跟在他身後，學著他，一邊丟屍體，一邊從火場中救出更多全身燒傷的小孤兒。

就像這一次，他犧牲了七十二條生命，還有無數受傷的追兵、乞兒、路人……，就為了送來葉隨風，讓「秋吉兒碉堡」從經濟、文書這些後備支援，直接培養出軍事主力。楊岸很早就提醒他，葉隨風是嚴謹的戰事天才，從無數場戰爭中倖存下來的直覺，可以讓他為西島訓練出最強悍的軍隊。秋吉兒確實非常滿意，整個碉堡的戰鬥氣氛，慢慢沸騰出前所未有的勇氣。隨著訓練的深入，他們開始分組對戰，不到受傷見血絕不停歇，每一次對戰後，葉將軍會針對失敗細節，深入拆解跟在突襲背後相接而來的危機，在這個偏安西島注入真實的血腥氣，不怕苦、不怕難、不怕死，建立起拼搏廝殺的熱血。

2

最後的羅幔荻

秋吉兒對楊岸犧牲七十二條生命送來葉隨風，非常滿意；在「九頭虎如意鏡」前，看見這場自殺式突圍的土螻卻非常不滿：「這小子怎麼這麼邪門！該不會是因為他流著相柳的血吧？這種恐怖死傷，我看白澤就做不來，不行，我得下去看看！」

「怎麼去？」如意張大眼睛，好興奮。開明猶豫著：「要不，去拜託『巫陽』，帶我們去找離朱，他有神通可以看見過去和未來。」

「是啊！大不了也送巫陽一枚開明護衛隊的『吉羊符』。」吉羊一直對「吉羊符」沾沾自喜。如意又冒出新點子：「找燭龍就可以了啊！他應該和白澤密切監管著羊過。」

「都跟你說幾百遍了，他現在叫楊岸。你就是沒腦子。」吉羊一說，開明就哇哇抗議：「說你們兩兄弟沒腦子，那別人還活不活啊？」

「別吵了！」土螻一說，大家都安靜下來。開明憋了憋嘴，只覺得長大真不好！以前年紀小，看不懂大人臉色，大家都讓著他，犯了錯，人人都說，改過來就好；那時不知天高地厚，和欽原和土螻稱兄道弟，打造迷宮樂園時，還對他們頤指氣使。

不知道從什麼時候開始，他愈來愈能感受到這種上古神獸的氣場，是不是活得愈久就愈膽小？還是，知道得愈多就愈覺得自己知道得很少呢？尤其在如意提起白澤時，忍不住又想，他知道得這麼多，會不會也覺得不知道的事情實在太多了？為什麼自己這麼努力，卻愈來愈不知道，到底做什麼樣的決定才算是對的？

「想什麼呢？」就在開明胡思亂想時，欽原一翅膀搧了下來，連掃過他三個頭，開明叫了聲痛，連連揉著三個頭，一下子沒忍住，話就衝出口：「想啊！你們一個比一個厲害了，連我都開始挨巴掌啦。」

「講什麼呢？我們現在是在談正經事。」土螻忍不住也提起蹄，掃過他另外三個頭，吉羊和如意開心極了，忍不住追過來要打剩下的三個頭，拼命嚷著：「我也要！」「我也要！」

開明兩隻手護不了九個頭，啪啦啪啦連挨了幾個巴掌後，忽然，欽原和土螻轉過身來，啪啦啪啦連搧了吉羊和如意幾個巴掌，才氣場十足的怒吼：「誰讓你們搧開明的？沒禮貌。」

吉羊和如意愣住，開明愣了一會才搖著九個頭問：「大家是不是壓力太大了？這樣打來打去，心情好一點了嗎？還好，我有九個頭，頂得住。」

「不過，挨巴掌很痛耶！以後心情不好，還是去運動比較好。」如意還要繼續扯下去時，土螻淡淡的說：「我找陸吾總管送我去，開明，借我火鼠衣，還得帶上幾顆沙棠果，免得回不來。」

「大總管怎麼可能會答應呢？」吉羊和如意異口同聲說，開明一想就明白了：「一定會答應！他捨不得白澤落難。喏，火鼠衣讓你收好，你要早去早回。」

陸吾自知時間緊迫，很快出手，把土螻送到九蛇大人統一中土後，準備掃蕩西島的時候，他集結了大軍在羅幔海峽前誓師，漫天大軍，幾乎遮蔽了天色。土螻剛站定，只聽到楊岸吹出尖銳笛音，一時，九蛇大人的遠征軍團，全都落入早已掏空的濱海陷阱，裡面埋著海邊最常見的尖銳蘆荻，大家沒想防備，不知道這些蘆荻早已浸滿毒液，一察覺中毒後，他們只能勉強變身為「晶鋼獸」，瘋狂掙扎，拼命開挖早已鬆軟得不堪受力的沙壁，直到壁面崩裂、海水倒灌，硬生生的切開沙岸，所有的人都被海水淹沒了。

成千上萬的蘆荻漂流在海面上，隨著洋流，毒液四處打轉，數不清的屍體，在密密麻麻的蘆荻間浮浮沉沉。這是他們長久以來最強烈的盼望，不惜犧牲自己，也要殲滅九蛇大人的精銳前鋒，讓隨風軍長驅直入，在敵軍撤回城堡之前，迅速截殺九蛇大人。楊岸的朋友，並肩奮鬥的兄弟，從「趙錢孫李」、「周吳鄭王」到「顧孟平黃」、「和穆蕭尹」的所有百家姓敢死隊，幾乎傷亡殆盡；但死亡人數更為龐大的是九蛇大人的遠征軍團，一個集團的一大群孤兒，和另一個更大的集團裡的更大群孤兒，在這殘酷時刻，全都糾纏在一起。土螻顫抖著，不斷聽到好多孤兒臨死前的吶喊：「老天啊！一定要讓未來的孩子們，活得比我們更自由！」

他們都來不及看見，九蛇大人在最危急時，藉由赤誠部屬的護衛，在隨風軍的追殺中倉皇撤退了。此後，這片崩裂的沙壁，就被稱為「羅幔荻」，這場驚心動魄的血戰，後來在秋吉兒的戰記中，被記錄成逆轉戰局的「羅幔荻大撤退」，而這些英勇犧牲的孩子們，全都成為悲傷的傳說。

土螻一直以為，自己活得太老太老了，這輩子不可能再掉眼淚，沒想到，還是有這麼多眼淚，為了這些孩子，在風中晾乾了。「終究晚來一步。」土螻忍不住想，楊岸還是走了！等羊過在崑崙山醒過來，回想轉生這一世的徒勞，能夠證明什麼呢？這樣，白澤甘心嗎？陸吾又怎麼能夠安心呢？

就在心灰意冷時，忽然聽到微微喘息，他心一跳，循著聲音，在無數的屍體中尋找楊岸。遠遠的，浮浮沉沉，他找到一襲熟悉的雪白衫裙，是個女孩，長長的頭髮宛如包裹著最心愛的寶貝。他急著撥開她的長髮，卻發現這女孩的手，緊緊抱住眼前的身體，怎麼也拉不開，不得已，只得運用神力，剝開她的保護。

一看見楊岸昏迷的臉，趕緊湊上食指探了探鼻息，謝天謝地，還有呼吸！他鬆了口氣，開始檢查他身上的傷口，這才發現，他雖然全身是傷，卻沒有沾到毒液，所有的浸毒蘆荻，都在女孩身上，想必在惡戰中，楊岸早已傷重昏迷，是這女孩用自己的肉身護衛著他，不計生死……

3

鍋淨的素菜湯

楊岸醒來時，全身疼痛。他動了動，急著問：「依依呢？」

土螻往旁邊新壟起來的土坡一指，上面插了根還沒寫字的木牌，楊岸心口大慟，轉瞬又昏了過去。土螻也不叫他，這小子死不了啦！早先塗在他傷口上的峚（ㄇㄧˋ）山黑玉膏，都已滲入肌脈，重新活血補氣，還灌進那麼多以黑玉膏澆灌的丹木五色果，靈繞丹田，淨血洗髓，五臟六腑應該都修復得差不多了，現在只需要多一點時間，讓他消化一下離別和死亡。

土螻不管他，升起火，燒了一大鍋水，自顧自去採了些野菜，再把剩下的丹木五色果全都丟下去，融進素菜鍋。即將展開的大決戰，還等著這小子做最後抉擇呢！

楊岸醒來後，找了片焦炭，手底加重勁力，在木牌上寫著：「楊岸之妻　生死依依」。土螻對凡人的感情不是那麼了解，只拿著大勺子在鍋子裡繞啊繞，面無表情的說：「湯好了！」

「我睡很久了吧？」楊岸坐近，看來已從最初的悲慟恢復平靜，想辦法釐清現實：「我昏睡的時候，西島對岸的隨風軍，是不是已經成功渡海，直接攻向九蛇大人了？」

「你不問問她怎麼了？」土螻還是忍不住指指土坡問，楊岸淡淡說：「我沒有中毒，自然是她為我擋去了一切。我可以為依依做的每一件事，她也會為我做，可惜，那天是我先昏了過去，否則依依不會死。」

「也就是說，你希望換你去死囉？別總是輕易說著死啊死的！我們出生，就是要學會好好活著。」土螻手一揮，不想多說，只遞了碗湯給楊岸，自己才試喝一口：「好喝啊！」

兩個人靜靜在黑夜裡，喝著一鍋簡單的素菜湯。楊岸睡了幾天，飢餓的胃被喚醒，連喝了好幾碗之後，意外發現：「沒有肉的湯，也這麼好喝。」

「是啊！沒有肉的湯，需要一點心情品嘗。一般人只想著逐鹿中原、問鼎天下，很少想過，如果大家都想要烹鼎架火，誰又是那鼎中的肉呢？」土螻看了眼楊岸。楊岸很聰明，立刻轉頭看了眼覆蓋依依的土坡：「誰又甘願此生為鹿？」

「是啊！還不如一鍋乾乾淨淨的素菜湯，喝起來真不錯！」土螻又添了一碗湯，抿唇細細品嘗，慢慢說：「所以啊，別輕易赴死，每一隻鹿，無論生在哪裡，今生、當下，都值得開心奔跑！所有折斷了的鹿角，只要活著，慢慢都可以長回來，就像隆冬時葉子落了，一到春天，嫩芽冒出來，這裡、那裡，樹急著長，花也都開了。」

「太晚了！沒有樹，也沒有花了。」楊岸停下話，望向遙遠的海面，夜很黑，什麼都看不見，心裡卻深刻感受著，隨著浪濤起落，有一群又一群失措逃躲的奔鹿，絕望的，浮浮沉沉，退無可退。這些沉沉的重量，揹在他身上，讓他啞了聲音：「已經一隻鹿都沒有了。」

「坐在我前面，還有一隻鹿。」土螻慢吞吞說：「以前的人總說，『俠之大者，為國為民。』其實啊！都想得太大、太遠了，真正的俠是從最身邊的人開始，惜生、憐情，這樣剛剛好。」

最身邊的人？楊岸想起了依依。依依不像他們這些孤兒，家裡出事時，她還是書香世家裡的千金大小姐，天資聰穎，從小看過的書，過目不忘，以《百家姓》編隊，就是她的建議，藉由「彼此相認」的實用需要，促成大家生出「讀書認字」的學習動機。正式編組前，他本來想讓自己姓「趙」、依依姓「錢」，她卻搖搖頭，折下一支楊柳枝說：「兄弟們都孤獨飄零太久了，家破人亡，橫逆火煉，人人身如楊柳，只盼著在生活中找到岸，懷著希望，才有勇氣拼卻一死，才有足夠的溫柔，甘願逆風搏鬥。所以，大哥一定得姓『楊』，名字就叫『岸』，我就姓『柳』吧！從現在開始，叫我『依依』，因為，我們有了依存，這樣大家都可以靠岸了。」

楊岸想得惆悵：原來啊！自己終究做不了大家的岸。他一直希望能保護大家，結果大家都死了，連依依都用肉身築堤，為他在漫天的蘆荻毒液中，造出安全的岸。他把頭埋進膝蓋，偷偷哭了起來。

土螻也不點破，靜靜喝湯，等他回神，卻發現自己竟然把一大鍋特別為楊岸準備的「丹木五色果湯」喝光了，忍不住懊惱的痛揍自己的頭，那巨大的撞擊聲，讓楊岸吃了一驚，一抬頭，看著土螻紅腫著前額，剛好驅逐了沉重的悲傷。土螻指著自己的額頭訥訥說：「我這頭有怪毛病，打一打比較舒服。好啦！天快亮了！我得走了，你抓緊時間休息一下，一早還得趕上隨風軍去幫忙呢！」

楊岸點點頭，看著土螻慢慢走遠的身影，想起他對自己的提醒：真正的俠，惜生、憐情，從最身邊的人開始。他就是自己身邊的人啊！他忽然生出依戀，大聲喊：「大俠，請問你是誰呢？」

「我嗎？」土螻轉過身，指了指那一鍋喝得乾乾淨淨的素食鍋，笑笑說：「大俠，鍋淨。」

楊岸錯愕在當下，土螻轉身，舉起手帥氣的往後揮了揮，就自在的走向雖然殘破，但仍有信心可以重建生機的無邊天地。

4 羊過的身世路

當隨風軍根據秋吉兒的嚴密情報網，在羅幔海峽邊整備待命時，人人充滿熱血，又緊張又激情；當楊岸尖銳的笛聲響起，大家一陣顫慄，廝殺的吶喊、膠著的戰鬥，以及一連串瘋狂淒厲的垂死掙扎，讓他們緊繃著神經，在海的對岸等待著、等待著，恨不得立刻就收到一聲命令，全面反攻，為中土「伸張正義」。好不容易大軍渡海，咬住「羅幔荻大撤退」的軍團尾巴，興高采烈的剪除了一截又一截負責斷後的「晶鋼獸」，每個人都洋溢著朝陽初昇的信心，啊，原來九蛇大人也沒什麼了不起！

他們像孩子似的不斷撿拾「晶鋼獸」殘骸，為自己保留更多打了勝戰後，可以用來說嘴的戰利品。葉將軍非常著急，連連下了幾次命令，不論犧牲，一定要在九蛇大人退入城堡前，攔截到主力軍團，全面撲殺，否則，他們再也不可能占上所有前鋒精銳全都殲滅的優勢，小小的西島，也根本不可能是九蛇城堡的對手，這是楊岸集結全部中土殘存的游擊勢力，送給西島的「最壯烈的禮物」。

只可惜，沒有近身走進戰場的人，永遠不了解什麼叫人間煉獄。深深了解九蛇大人實力的葉將軍，本來計畫壓陣，趕著隊伍迅捷行軍，卻因為這些第一次上戰場的「童子軍」速度拖慢了，決意點選幾個紀律特別嚴明的小軍團加速追上，眼看就要追上九蛇大人了，沒想到，從城堡中趕出來救援的「晶鋼戰艦」，早就埋伏在荒野中，默默等葉將軍的主力軍隊過去後，強勢碾壓一團又一團新兵，這時，西島的人才知道，為什麼這些恐怖的敵人叫「戰艦」：因為，他們無差別的摧毀，就像大船無痕，航行在茫茫水面。

戰場成了破碎的垃圾場，他們的屍骸和早先收藏的「晶鋼獸」戰利品纏在一起，淒厲的哭聲鑽進葉將軍耳裡，使得他不得不撤軍、回頭，改以他對「晶鋼戰艦」的了解，搶到先機，直面痛擊。聽到葉將軍回援，大家精神一振，每個人的打法都改變了，過去的紀律訓練，在夥伴們的死亡，以及近在身邊的死神獰笑中，轉化成瘋狂拼搏的本能，不是為了追殺，而是為了求生。戰爭，比西島軍團每一個人所想像的更慘烈，但也只有走過殘酷地獄的人，才有機會活下來。

九蛇大人安全回到城堡了！楊岸趕到時，葉將軍已連續三天三夜不曾合眼，指揮著隨風軍，和不斷變身、折損，卻又不斷再變身、補上的「晶鋼獸」對峙。軍團筋疲力盡，葉將軍隨時都可能倒下，整個西島的準備和奮鬥，撐到了強弩之末，城門開了，九蛇大人慢慢走向楊岸，讓他在絕望中，感覺自己再一次浮沉在羅幔海面，在成千上萬的毒液蘆荻裡，和四處打轉的屍體，隨著洋流撞來撞去，好像一切的努力和犧牲都落空了。

但這時，他忽然有一種錯覺，非常溫暖，像是依依正在靠近他、擁抱他，身邊的每一個屍骸都張開亮亮的眼睛，一聲一句呼喚著他：「楊岸大哥，我們一定會找到所有人都可以好好休息的『岸』！」大家並肩，隨著洋流在海面上浮浮沉沉，宛如一大群又一大群充滿生命渴望的鹿，奔騰在漂亮、筆直的針葉林，陽光從樹枝葉隙間灑了下來，亮閃閃的，溫暖、燦亮，握在掌心裡，暖呼呼的，他覺得全身都被一種從來沒有體會過的摯愛包裹起來。這，這就是「希望」嗎？

楊岸一路走來，只有孤苦奮鬥，不斷面臨悲傷、痛苦，說好要照顧的每一個人，最後都不得不面對離別和死亡，即使和依依相依為命，最後還是得揹著辜負她的罪惡感。他從來不曾像現在這樣，感受到一種懶洋洋的舒適和溫暖，好像有一種巨大的力量，可以照顧著他，讓他從此就不必擔心，不再需要努力，只要安安心心過快樂的日子就好。「這就是希望吧！」他剛這樣想，腦子裡忽然「飄」出一段聲音，這麼熟悉，卻又不自覺挑起他潛意識裡的恐懼：「孩子，你終於回到我身邊了！我是你的父親啊！這麼多年來，我一直在找你。」

他一抬頭，發現九蛇大人正在對他說話，心裡一驚，拼命甩著頭，想要把這些聲音趕出去。他用力往自己的腦袋狠狠的揍了一拳，巨大的撞擊聲，讓自己想起大俠「鍋淨」，心底一陣暖，好像清醒了一點點。他搖頭，剛想開口說「別胡說，我是個孤兒！」時，身體的血脈卻湧起熟悉親近的共振，九蛇大人慢慢靠近他，他一向前，楊岸就往後退，九蛇大人步履很大，楊岸則因為疑惑，步伐很小，一進一退間，距離愈拉愈近，楊岸開始覺得舒適、溫暖，還有一種淡淡的悲傷，好像流浪過千山萬水的孩子，終於回家了！他有點迷惑，靜靜停下腳步，直到九蛇大人靠近，伸手抱住他，揉亂了他的髮，又用手指把他的頭髮梳理整齊，慢慢喚醒前世羊過的記憶，經歷了千萬年的糾結隔閡，他們父子終於相認了！九蛇大人無限惆悵的說：「孩子，你好瘦啊！」

這時的土螻，正和開明、吉羊、如意和欽原，一起盯著「九頭虎如意鏡」，剛看見楊岸用力敲自己腦袋時，他笑了一下；眼看他受到相柳冰骸的迷魂誘惑，又變得好緊張；看見他們父子擁抱，一時竟氣憤得槌向鏡面裡的楊岸：「我救你，可不是要你認賊做父！」

「哎呀，小心點，別砸壞鏡子！而且你這樣說就不對了，相柳這個賊，本來就是他的父。」喜歡咬文嚼字的如意一說，吉羊就恨恨追悔：「我就說吧！罪惡的種子，只會開出血腥的花，小時候早該殺了他。」

開明沒辦法，還是使出老方法，捂住吉羊的嘴：「別說了！讓我們繼續看下去。」

5 九蛇的冰龍印

好舒服啊！羊過回到冰原上，變成一個小小孩，父親相柳盤旋著九個頭，或高或低，堆著雪球陪他玩雜耍。他撿到相柳刻意掉下來的一顆雪球，雪白的冰晶映著陽光，像一球彩虹花，漂亮得不得了。

他好開心，一轉身向身後跑去，準備送給遠遠的、遠遠的一團毛茸茸的白球，忽隱忽現，看不出真實的樣貌，不過他就是相信，那個人很愛很愛他！相柳很不高興，正要發脾氣時，小羊過又跑回來抱住他，從懷裡掏出一朵自己刻的小冰花：「給你，父神，我好愛好愛你唷！」

相柳低頭一看，冰花的刻痕很生澀，還有一點點暗色血漬，應該是小羊過的刀握得不穩，不小心受傷了；花瓣邊緣也融出了些皺褶，不知道這孩子揣在懷裡多久了？他覺得很溫暖，一時就忘記自己正在生氣，忍不住把孩子抱起來，親了親他的頭髮。

親了親他的頭髮？我這是怎麼啦！九蛇大人心一驚，從小冰花的幻境醒來，非常震驚，那是白澤的「舒心幻術」！他試著推開楊岸，卻從他身上感受到一股強大的黏著力，牢牢抱著他，無論他如何掙扎，始終無法脫身，他開始慌張起來，這到底是什麼力量？

「快看！相柳在害怕什麼？」開明一指，圍在「九頭虎如意鏡」邊密切觀察這場父子相認大戲的每一個人，全都陷入迷惑。鏡面裡，大家都看見九蛇大人拼命掙扎，努力想推開楊岸的懷抱，楊岸卻閉上眼，偎靠著九蛇大人，神情幸福安然。大家你看看我，我看看你，不知道鏡面遠端到底發生什麼事？就算是站在楊岸身後的葉隨風，也不知道發生了什麼事，只能更加提高警覺，相信一向用計奇詭的楊岸，一定還有下一步的打算，只是，他很迷惑，不知道自己到底該怎麼配合？

其實，連羊過自己都不知道，「舒心幻術」是他唯一不是為了求生而學得的雜技，也許這才是藏在他潛意識裡，一生追尋的圓滿，終於，他有機會沉浸在與相柳和白澤共存的幸福幻境，渾然不知如意鏡邊，很多人在罵他；不知道九蛇大人，急著甩掉他；更不知道對他極有信心的葉隨風，以及人數少得可憐的西島倖存軍團，突然在絕望中看見希望，把美好的未來都賭在他身上。

他從小在飢餓和死亡的茫茫冰原裡，艱難求生，好不容易找到一點點食物，卻為了那些圍在他身邊更脆弱的孩子，放棄自己的滿足；

被白澤收留以後，無止盡被吉羊、如意追殺，每天一打開眼睛就是生死掙扎，強迫自己誰都不能依賴，只能瞬間長大；看著開明護衛隊相依為命的嘻笑冒險，他總是叮嚀自己，寂寞才是他最忠誠的好朋友，他不需要別人；轉生成楊岸後，從火海裡爬出來，滿身火痕，來不及等到長大，就得硬起頭皮照顧一大群又一大群盲目信任他的兄弟們，直到他失去了全部，失去了一生中唯一眷戀珍惜的依依。

這麼沉痛重疊著的兩世孤寂，在前世今生全都無緣一見的父愛之前，甜蜜的融化了，這麼寧靜、這麼安全，讓他安心把玩著相柳堆出來的雪球，相信世界上再也沒有比此時此地更美麗的瞬間了，潔淨的冰晶、彩虹的光澤，美得濾盡塵俗，遠離人世間的貪婪、算計、鬥爭和仇恨，然後，他看見霜神和雪神飄然落下，送給他一朵比他的手作不知道美上多少倍的的小冰花，噙著微笑對他說：「謝謝你，小羊過。你的心，在冰封的世界裡沒有慾望、沒有雜滓ㄗˇ，只有愛、只有絕美，所以，你融化了相柳的怨念，釋放了我們。」

楊岸從幻境中醒來，霜神和雪神送他的小冰花，慢慢在掌心裡化開，九蛇大人身上的冰雪鎧甲也跟著融化，每一個「晶鋼獸」的冰晶全都碎裂了，鏗鏗鏘鏘落了一地，很快又化成水澤。在他們來不及反應以前，葉隨風下了軍令布陣，將對峙情勢完全逆轉，九蛇大人眼看多年的經營就要功虧一簣，站在對面的葉隨風，幾年前不過是他手下一個小小的V隊長，忍不住憤怒起來，知道這小子就是逆轉勝負的關鍵，決心冒險掙脫封印，釋放多年來被海兒公主封印在心口上的強大心脈靈。

這麼多年來，靠著人類自己的怯懦和貪婪，他壯大得很快，根本不需要解除心口封印來獲得力量，他也從不相信一個小小的北冰公主，有什麼能耐來對付他的上古神能，所以，他推開楊岸，目光掃過西島僅存的這些軍隊，最後，盯住葉隨風，慢慢解開封印。當九蛇大人的眼神對上葉隨風時，有一股絢麗的彩虹光束，筆直射向他的眉心，慢慢浮出飛騰的冰龍圖騰，紋印的光澤混著海兒和九蛇的氣味，刺激著早被九頭蛇奪胎換骨的九蛇，那個天真深情的少年眼中，恍兮惚兮，好像隔了千萬年後忽然又看見心裡最珍愛的那抹影子，他眼前的葉隨風，因為當年的冰龍紋印幻形成了海兒公主，對著九蛇盈盈淺笑，而他同樣也報以微笑，一切無言，彷彿千萬年的禁錮，換這一個微笑，也都夠了。

這時，早已打開封印的九蛇大人，把心脈的強大靈力鍛鑄成一把冰刀，筆直射向葉隨風。九蛇一驚，在他眼中，與世無爭的海兒正面臨最凌厲的攻擊，就在他以為來不及的時候，還是不顧一切的往海兒身前一擋，他不知道，他身上正帶著九頭蛇多年蘊蓄的全部靈力，在迅急如鬼魅的位移中，冰刀穿過了九蛇，同時也震碎了九頭蛇的心魂。

葉隨風目瞪口呆，完全不懂為什麼九蛇大人在準備殺了他之前，又搶在他身前替他擋了這一刀？

6 白澤的愛無瑕

圍在「九頭虎如意鏡」前的這些神靈，面對大廳裡的遽變，全都看傻了。這到底是什麼意思呢？相柳和羊過上演完父子相認的大和解後，來個棄械投降，無論是九蛇大人的冰雪鎧甲還是「晶鋼獸」的冰晶，乒乒乓乓碎了一地。然後呢？接下來就更撲朔迷離了！相柳從這頭使出驚天冰刀，自己又再迅速跑到另一頭受死，這又是怎麼想的？是想得到「史上最帥氣自殺」名號，還是怎樣？

「不想了，不想了！我的頭快炸開來了。」開明愈想頭愈痛，到最後抱住九顆頭大嚷：「我以後都要自己出任務，在鏡子旁邊看人家冒險，真的太不好玩了！」

「我都出過任務了，也搞不懂他們在幹麼啊？」土螻非常生氣。

欽原裝出很聰明的樣子說：「嗯，其中必有緣故。」

「這還用說？」吉羊白了欽原一眼。如意手指點向鏡面裡的楊岸：「只有等這傢伙快點回來告訴我們真相囉！」

「沒錯，為了師傅著想。」吉羊不想向羊過示弱，故意扯出白澤，忍不住推了土螻，希望他快去帶回羊過，把決戰中的謎團解釋清楚：「這小子都完成任務了，他不回來，白澤師傅就無法向陸吾交代啊！」

「換欽原去好了。」土螻紅著臉，結結巴巴解釋：「轉生靈獸如果不死，是回不了天界的，我剛交代他，真正的俠要惜生、憐情，總不能相柳一死，就叫他快快自殺。」

「哎呀！你這不是綁死自己嗎？」如意急得跳腳：「虧我們把他算做自己人，他是開明護衛隊的人耶！我們可沒同意他去做什麼大俠不大俠，我們自己好好玩，這還不夠嗎！」

「還自己人哩，你們都忘了嗎？」欽原講話最誠實，分別指著土螻、如意、吉羊，一路數落過去：「你說他認賊做父、你說賊本來就是他的父、你說小時候就該殺了他。」

開明才想捂住欽原的嘴，如意、吉羊已經遞了個布袋給土螻，一把套住欽原，把他丟出去，一點都不在乎欽原尖聲抗議，立刻關上門，吵著開明快打開和燭龍的意識聯結，拜託燭龍接大家到冰穴去找白澤，燭龍一向很寵開明，當然不會拒絕。為了白澤，冰穴裡的火爐燒得非常溫暖，他看著大家吱吱喳喳的轉述，吵吵鬧鬧，誰也不讓誰，詳細情形都聽不清楚，他只確定一件事：相柳冰骸，全都融盡了，人間再也沒有戰火煎熬，再也不需要經歷生死離亂；雖然中土殘破，需要漫長的時間休養生息才能慢慢恢復元氣，但是，誰都知道，隆冬霜凍，只要一點點嫩芽，春天就會回來了。

知道羊過完成了任務，白澤非常安慰，從燭龍領著他看見冰夷在應龍身上轉印冰龍圖騰時，他就相信，九蛇最後的甦醒，一定會成為逆轉勝負的關鍵。至於最後大決戰是怎麼一回事，他並不好奇，人性的幽微變化，絕不是天力可以干預。吉羊還是不服氣：「這小子太惡劣了！他根本不知道，師傅為了他身受冰裂減壽之苦，我看，還是得派個誰去通知他，讓他早點回來。」

白澤看向開明，微微一笑，開明立刻懂了，很快也笑起來，吉羊和如意這麼聰明，看這兩個傢伙一臉詭笑，也一下子就想通了。白澤既然身在燭龍冰穴，燭龍又有曲摺時間的神能，無論羊過在人間待上多久，燭龍隨手一摺，他們就能看見羊過了，這時，吉羊和如意跟著也笑起來，只有土螻看著大家的笑臉，愈看愈生氣，忍不住大聲問：「都給我講清楚，你們在笑什麼？」

「不告訴你！」如意笑嘻嘻的，不知道從哪裡又變出一個布袋，土螻想起欽原比他更悲慘的遭遇，氣很快就消了。這時，一大群小蛇人湧了進來，纏著這些客人：「你們在玩什麼？我也要玩！」

「我也要玩！」「我也要玩！」「我也要玩！」……，太多吵吵鬧鬧的聲音，好像幾百個、幾千個小蛇人把他們包圍起來，開明張大九張嘴一起大喊：「快送我們回去！」「快送我們回去！」「快送我們回去！」……，只剩下白澤笑咪咪的拿出作業本：「來，我陪你們玩一玩算術。」忽然，所有的小蛇人像潮水退去，一下子就跑光了，連少有表情的燭龍都笑了。

這些吵吵鬧鬧，羊過當然不知道。他只是挖了挖耳朵，不知道為什麼，這陣子老是耳朵癢？

自從相柳喚醒他前世的記憶後，羊過的前世和楊岸的今生糾纏在一起，像繞了千萬年、千百種生命經歷後，忽然覺得，一切的好壞浮沉，對自己都有意義。他知道人們看他，無論他是羊過還是楊岸，都是性情決絕、正邪難辨的，反正，他就是這樣！只要堅持自己的信念，相信自己，又何必在乎別人眼中的正邪好壞？霜神和雪神說他的心很美麗，吉羊和如意卻總想殺了他；大家都說相柳極惡，他對唯一的兒子卻很溫柔；人們尊敬白澤是孤兒莊園的大家長，他卻在幻境裡看見真實：原來啊！白澤一直用溫柔的母心在包容他。

會不會白澤和他一樣，其實也是個來不及長大的孩子？沒人看過真正的白澤，會不會「他」其實是個女孩呢？

他笑起來，是，又如何？不過無論是男是女，能確定的是，白澤都會是他一生中最珍惜的相遇。

7 吉羊的新羊角

葉隨風看著楊岸，覺得不可思議，他好像什麼都明白了，只是什麼都不肯告訴大家。每一次相見，他總想追問，為什麼九蛇大人明明就要殺了他，又搶在他身前擋了一刀？楊岸沒有回答，反而問：「那些舊有的『晶鋼戰士』，該解散還是重編？西島軍團回家後，要如何安置？如何運用九蛇大人城堡裡的基礎，為中土重建生活？你是不是北冰遺孤？要不要找回冰國人，大家一起重新建設復國？」

「啊？好多工作，真難啊！」葉隨風一驚，忘了繼續追問，趕忙領著西島孩子們回家。幸好，多慮又多能的秋吉兒，早就對戰爭勝負，分別做了深入規畫。

他的圖書莊園栽培了大量不同專長的人才，首先，協助北冰王族復國；繼而讓帶著「天下大同」理想的政治人才，分赴不同的國家，宣導民主自由的新觀念，在混亂的土地上建立秩序；再遣送最優秀的經濟人才，帶著銀行的建設基金，協助中土復甦；還有各種熱情的圖書人才，分別在中土、北冰、東荒、南海、西島，同步興設學校、革新教育，增加交流、減少衝突。

秋吉兒還讓葉隨風引導大量的軍人，轉向各種不同的運動領域發展，透過各種培訓計畫，有的精進技能，有的分化出嶄新的運動型態，逐步消融兵厲之氣。最有趣的是，隨風因為想念小蝶的歌聲，用培訓軍隊的嚴格紀律，訓練出一群又一群鎔鑄了音樂、舞蹈之美的啦啦隊，在大型的國際競賽之前，這些動人的歌舞，柔軟了競爭壓力，讓大家更能理解「君子之爭」的深邃意涵，使得唱歌、運動，成為戰後復甦時最重要的精神支撐，讓殘破的土地重新洋溢出希望和活力。

等一切都上了軌道，不喜歡應酬的秋吉兒，退出決策圈，回到寧靜莊園，每天讀讀書、散散步、寫寫字。不知道為什麼，他看見任何欽鴗的古籍紀錄，就覺得很親切，只可惜找得到的資料實在太少了，最後，他決定自己寫一套驚天動地的《欽鴗戰記》，從遠古神鳥開始寫起，融入九蛇城堡的最後戰役，把人在現場的葉隨風和雙方軍團都搞不清楚的神祕戰況，寫成威風凜凜的鳳凰抵不住九頭蛇的攻勢，於是一向非常低調的欽鴗，不得不挺身而出……。在神鬼莫敵的西島神算精心擘畫下，正邪對決，感天動地，不斷衍生出更多的曲折角色和熱血戰鬥，前後一共出了六十幾冊，直到連在馬路上派發，免費大贈送，人們都拒絕再看，終於才停止出版。

楊岸始終沒有參與這些熱鬧又充滿希望的天下重建，他知道自己的時間有限，愈早回去，就愈快能讓白澤給陸吾一個交代，只是，他以前答應過依依：「等天下太平了，一定帶你走千山萬水。」這是他在人間最後的承諾。

他從覆蓋依依的土坡上，抓了一把泥土，裝在冰晶小瓶裡，帶著她繞遍天涯海角，在每一個小角落聽風聲如歌，就像是那些他們來不及說過的千言萬語。時間不夠了，他總想著回去以後，依依怎麼辦呢？如果可以，真想把這把泥土放在白澤莊園最美的黃菊花下，在他的睡房窗前，深秋開花，清冷悠然，像依依一樣，活得很自在，從不和任何花樹競比。他天天想、天天想，直到發現瓶子裡的沙土，只剩下薄薄一層，忽然欣喜若狂：啊，這些沙土因為強烈的思念靈力，早已移轉到他最渴望的地方！

遠從童年開始，為了求生，他什麼雜書都看。記得有古籍記載：遠古時期，天地神人的分界並不明顯，有很多時空通道可以相互交流，尤其是落空的思念和生死驟別的癡纏愛戀糾纏在一起時，會撞擊出強烈的念力，足以通幽冥、逆天綱，就像依依和他建立起來的強烈牽繫。

該回家了！依依在窗前的黃菊花下等他。楊岸欣喜難抑，手握沙土小瓶，就要跳下懸崖時，忽然停下腳步，坐下來慢慢思索：如果他一個人，可以轉生一瓶沙土，那麼，千千萬萬的人呢？千千萬萬在這場戰亂中失去摯愛、失去依存的人，他們的思念、他們的想望、他們說不完的哀切和盼望，可以轉生出多大的一座山啊！

這樣，他就有能力送給吉羊一座山了！他立刻畫出在樂遊山越西四百里後那一片綿延兩百里的流沙，那刻意隆起微微的小山，大量印刷後搭配動人的故事，讓所有失去過所愛的人不斷轉述：傳說啊！這一片忽隱忽現的神山，由愛的精魂聚斂成形，只要手握著一小把泥土，不斷觀想著那一片山，以及永遠不會消失的眷戀和記憶，我們和最愛的人，都將在那片山相會。

亂世浮生，大家都失去了一切，能夠有一點點想望可以寄託，多好啊！一開始，有人半信半疑的抱著「反正也沒有其他可以失去了」的心態，這個人試試、那個人試試，真的有人看見手中的泥土消失了！於是，千千萬萬的人抓著千千萬萬的泥土，聚攏了千千萬萬的摯愛，成為戰亂重建時最溫暖的慰藉。這世間，有誰不曾失去所愛呢？讓人特別珍惜的是，原來，我們可以在一個人人都相信愛的地方，重新再相見。

眼看著「送一把泥土」順利成為破碎的心靈最美的依託，楊岸終於跳下懸崖，安心離開人間。當他回到白澤莊園時，立刻找到黃菊花下的一小把新土，他用手抓著，用力抓著，抓得緊緊的，從掌心裡掐出血來。他伏下身，不斷滴落的眼淚打濕了新土，柔軟的土凹陷出小小的水窪，盛裝著他的眼淚，像依依從來不曾消失的溫柔。

他終於找到勇氣來面對吉羊和如意，帶他們去父神留下的舊址，流沙不見了，一座小小的山慢慢隆起。羊過對吉羊說：「送你一座山。這是一座用思念和眷戀累積出來的聖山，有你父神的壯闊和仁愛，有你母神的愛情和忠誠，也藏著千千萬萬人間摯愛的祝福和期盼。我相信你，一定會成為一個和你父神一樣，不，你有他做榜樣，一定會成為比他更了不起的山神。」

驕傲的吉羊，靜靜和羊過相看，他追殺眼前這個孩子，追了一輩子，現在不得不承認，追不上他。吉羊什麼話也沒說，只點了點頭，真正的相愛相惜放在心裡，彼此全都知道。羊過抿著唇，眼眶紅了起來，吉羊握住他的手，掌心貼著九頭虎紋，燙燙的，他全身一陣顫慄，頭兩端長出彎曲堅實的羊角，愈長愈長，如意大吃一驚：「哥，你長大了。」

「嗯，你哥會接任你父神的這座山。」羊過開朗大笑，換如意大怒跺腳：「那不行！我的角哩？為什麼我的角還沒長出來？難道我還不算大人嗎？我不管，你也要賠我一座山……」

如意還沒講完，羊過已經逃回白澤莊園，反正，這兩兄弟從小到大都追不上他。馬上，他得找陸吾大總管一起去燭龍冰穴，接回白澤。他真高興，回到崑崙山，才發現從小到大的一長串考驗，都是為了讓他珍惜，歲月安好。

至於如意什麼時候會長大、長角，這就只能讓開明去煩惱囉！

《崑崙傳說》讀後

解碼崑崙山彩色密碼

《崑崙傳說》三部曲的設色密碼

陳依雯　黃秋芳創作坊專任老師

《崑崙傳說》三部曲完成了！從神獸、妖獸到靈獸，各種天上人間的冒險和衝撞、所有關於愛與美的試探與迷途，這樣纏綿悱惻又寓意深遠，可說是秋芳送給臺灣大小孩子們的一封長長的情書，妙用顏色符碼，提醒我們每一個人：煉製人生五色石，直視缺憾，接納疼痛，珍惜當下，讓人生過得更圓滿。

人生五色石：力量、速度、知識、愛和美

女媧以五色石補天，我們當然也能以五色石補心。這用來補心的五色石，早在首部曲《神獸樂園》裡就精巧布局，開明獸自我訓練的五個元素：「力量」、「速度」、「知識」、「愛」和「美」，正是心的五色石，而後在《妖獸奇案》與《靈獸轉生》中反覆照見。

在《神獸樂園》裡，開明獸在西王母身上學習「力量」和「速度」的提升，在英招身上感受漫天花雨的「美」，由於對英招崇拜的「愛」，開明以為「愛」的最極致展現，就是設法超越漫天花雨，「創生星星樹」這自以為最美的事，卻終究變成「枉死一千零兩顆星星」的最遺憾的事。小紅星臨死前奮力留下的遺言，成為開明生命解碼的開始，重新尋索、界定，「愛」的出發點必須是無私的，「美」才禁

得起檢視。

就在這解碼的迷宮裡，他認識了白澤，發現「知識」的重要，唯有擺脫無知，才能不那麼自私，也在學習知識的過程中，他才逐漸懂得，「力量」和「速度」得視情況調整，有時需要增強，像西王母一樣全力守護天地；有時需要減弱，像陸吾一樣不爭不勝，才能注意更多流經身邊的生活細節，進行更全面的檢視與調整。

《妖獸奇案》成為了他最重要的試煉。渴望貢獻熱血的小開明，在橫渡弱水時撞進「力量薄弱、速度有限、知識不足」的逆境裡，幸好他有滿滿的「愛」，為了對燭龍老爺爺的敬慕，為了不連累生父陸吾與養子吉羊、如意，也為了人間眾多孤苦無依的貧童，他放慢「速度」，集中「力量」，整理腦中消化過的「知識」，透過遠古傳說，找到穿越弱水的方法，親自揭開婉娥來不及帶走的靈力封印，見證弱水邊綻放的絕美彩虹華田所搖曳的盎然生機，開明終於滿足心裡的牽念，平安回家。

由此可見，感性的「愛」與理性的「知識」，皆非常重要，並且得找到平衡。結合兩者，「美」才能命名為「美」，也唯有結合「愛」與「知識」，才能彌補我們在「力量」與「速度」上的不足。

到了《靈獸轉生》，不同的靈獸和神獸，帶著各種未完成的遺憾，轉生至烽火四起的人間亂世。這時，在《神獸樂園》裡，上古神獸開天闢地所需要的「力量」和「速度」，再次被強調且無上限的增強。楊岸的孤兒野戰游擊隊、從九蛇城堡出走的葉隨風，以及他一手訓練的菁英戰士，全都是為了對抗九蛇大人最恐怖的「晶鋼戰隊」而存在；既然是全面作戰，便需要涉獵多元「知識」，整合出最周全完備的戰略，於是位處西島的秋吉兒圖書莊園應運而生，秋吉兒鮮明的對應出人間版的知識控白澤。

萬萬沒想到，最後終結這一場世界大戰的關鍵力量，竟然還是得回到「愛」，以及呼應著星星樹，我們也看見因愛而形成的「美」。秋芳將因愛而生的羈絆，巧妙布局在冰雪蒼茫的戰場上，靠著一段羊過潛意識裡為了同框自己和相柳、白澤共存的幸福幻境，而偷偷施展學得的白澤舒心幻術，成功軟化、鬆懈被相柳掌控的九蛇大人心防。這時，葉隨風無意間以一枚九蛇曾經送給海兒的冰龍圖騰，喚醒九蛇深愛海兒的一線清明記憶，九蛇才掙脫相柳的控制，讓根本不可能戰敗的無敵九蛇大人，突然使出所有人都看傻眼的「史上最帥氣自殺」招式，結束這一場長期耗損掏空人間的世界大戰。

明明是一場再肅殺嗜血不過的腥濁屠戮戰役，向來不按牌理出牌的秋芳，偏偏以晶亮雪色的「愛」，層層疊疊的塗抹、渲染，讓它綻放出美得不可思議的純淨剔透光芒，再用那樣溫潤透亮的光芒，細細穿織相互救贖也彼此成全的密語。

顏色，藏著千萬種可能

這時，面對崎嶇波折的人生，以及因應每一次瞬間選擇岔開的無限歧路，我們忍不住自問：屬於我們自己的人生五色石，究竟又該如何煉製呢？

當然，因應命運裡的偶然和我們個性上的必然，每個人在煉製人生五色石，都會有不同的價值選擇和調配比例。透過《崑崙傳說》，我們可以推測，秋芳無疑認為「愛」和「美」必須優先提煉，比重愈多愈好，而「知識」是基調，「力量」與「速度」則夠用即可，更重要的是，必須懂得有彈性的增強與縮減。

我們對這樣的選擇，必須致以「難以想像的致敬」，她撰寫的可是需要不斷展現「力量」和「速度」的神獸奇幻冒險戰爭啊！這也正是《崑崙傳說》三部曲最耐讀的地方，執意走出一條異於主流書寫的新鮮路徑，讓更多的孩子與大人感受深邃的人文厚度與美感的堅持，深信唯有這樣不嘩眾取寵的文學作品，才能夠陪伴每一位讀者度過人生最晦暗、艱難的時光。

這種深邃的文學厚度，表現在《崑崙傳說》三部曲中的設色密碼，顯得特別有趣，精巧的傳達給讀者超越故事的深刻意蘊。因為這些斑斕色澤的妝點紛呈，彷如在顏色裡藏著千萬種可能，讓讀者走進無奇不有的《山海經》世界，繽紛、豐富，更在無形中沖淡了書中因為戰爭引起的恐怖陰鷙(ㄓˋ)，讓我們奇異的在死亡氣息中得以喘一口氣，

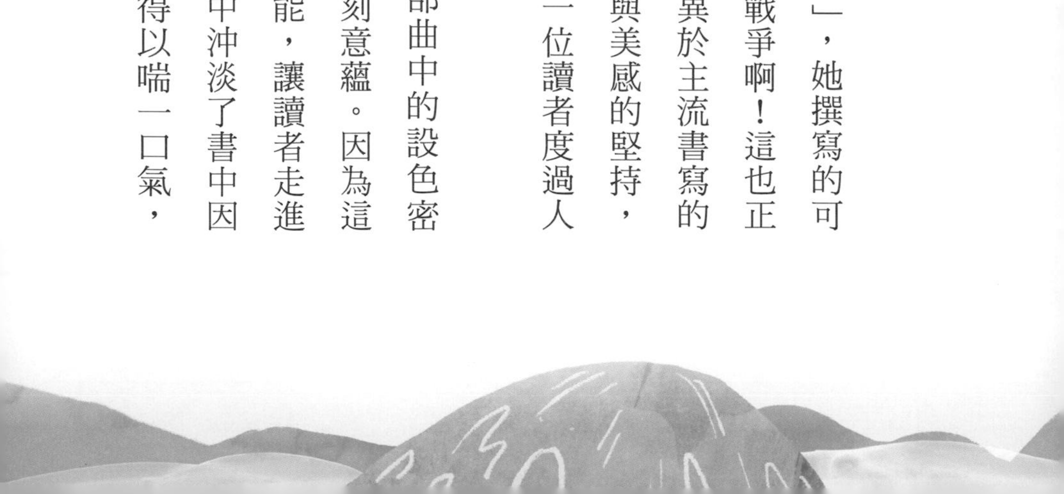

感受到意韻綿長的愛和美，溫暖而充滿期待的繼續翻閱下一個章節。

熱血的紅

由蚩尤枷鎖化成的一片血紅楓葉林，在蚩尤死後，周而復始於每一年的秋季出現，這是多麼壯烈華麗的「死而不滅」精神？蚩尤赴死，仍想方設法將他和八十一個兄弟曾經合作拼搏出的美好自由世界，封印在這片血色楓林裡，年復一年，由永不止息的飄飛紅葉，漫漫傳遞出去。

小紅星的紅，悠悠、淡淡的，不若蚩尤那樣鮮豔、張狂，只是靜靜的發光、靜靜的守護，正是這一股靜默的力量，發揮最動人的生命魔法，使開明瞬間頓悟。

這兩種熱血的紅，雖然明亮程度不同，卻都有「即便死絕，仍能萌生」的力量，影響活著的一切，都是這世間絕不可缺少的「愛」的風景。

而紅衣仙子的熱血中，被注入更多的矛盾、拉扯和歷經疼痛的整合。她曾經在天地初成的極訓苦練中，誓守一抹「警號紅」，當警示燈從戰亂禁制轉為泰平通行時，她又化為一道無限支持的「火焚紅」，在第一時間聽到能夠拯救人間生靈的靈獸轉生計畫，奮不顧身投入，即使最後從樣樣拔尖的彩衣仙子大師姊，落得被貶出「瑤池聖境」，淪為低階戍衛的下場，也沒有一絲接受懲罰的難過與恥辱感，反而像一朵紅雲似的飛天數圈，熱烈慶祝自己「重獲自由」。我們在這裡感受到的紅，不只熱血，還活得很自在、灑脫，不想被任何規定、頭銜牢牢綑縛。

或許此刻，一直擔任精神領袖的蚩尤，與必須執行「愛」與「美」使命的小紅星，正在我們看不見的另一個幽微神祕世界裡自在飛舞，瀟灑慶賀重獲自由的新生呢！

寬恕的藍

深藍給人沉默、憂傷，甚至冰冷的感覺，開明也因為濫用摘星術的過錯，被陸吾軟禁在深藍溶穴中反省，直到開明懂得正視自己的過錯，深藍溶穴才終於不再是心的囚牢。

開明更為星星樹繞上數百顆為了獎勵自己撐過弱水訓練獲得的冰晶藍玉，象徵著如果錯誤已經造成，我們唯一可以彌補的，就是將這錯誤修潤成正面的意義。了解這個道理並且展開行動的小開明，這時已經懂得放過自己，找到機會讓自己的心安適自在，原來，深藍不只是入口，也可以是出口。

當天才兒童吉羊、如意加入開明的世界，這個深藍溶穴，因為照護和奉獻，成為一個真的有溫度的家。開明提早過起大叔生活，也逆轉了他無知、不懂愛的過往形象，曾經凝滯不前的混濁溝流，終於濾淨得澄清輕盈，開始嘩啦啦的流動成長。

藍衣仙子，曾經是開明深深畏懼的對象，見到她，開明彷彿就窺見自己最不堪的黑歷史。當開明將小蛇人的不死藥奇案查個水落石出立下大功時，藍衣仙子卻是第一個獎勵開明的人，她送給開明一件珍貴的火浣大衣，語重心長的和他相約：「寬恕是一段必要的學習旅程，看著你的努力，我也想和你一起奮鬥，我們就學著為天下生靈，想辦法再多做一點點吧！」

於是，我們看見這兩條深藍河流，一起通過曲折窄仄的寬恕渠道，慢慢朝向寬闊無涯的汪洋大海，奔流而去。

包覆暗黑的純白

白澤的白，是歷經死劫的深白，也是懼怕冰天雪地的慘白，但誰能料想，那承載過多身心劇痛的他（或她），竟也可以是操作幸福幻形術的暖白，還成為了包覆各種暗黑色澤的純白？

他甘冒生死風險，給羊過轉生至人間的機會，讓幾乎被黑定調的羊過能夠自證清白。當羊過轉生為楊岸，面對被親生父親相柳控制的九蛇大人時，他帶著潛意識從白澤那兒學得的幸福幻形術，包覆了相柳的濃黑底色，並在那一整片由森冷霜雪搭築的潔白戰場上，融化了九蛇大人的冰雪鎧甲與「晶鋼獸」的銳利冰晶，上演一齣精采的兵不血刃、以白包覆黑的經典戲碼。

藍衣仙子送給開明的白色火浣布，也能包覆烈焰惡火，力助開明輕鬆穿越火焰山。更神奇的是，髒了的火浣布，只要往火裡一燒，又能跟新的一樣潔白呢！秋芳筆下的神獸世界，純白顏色一直有著比現實世界還要強大千萬倍的包覆魔法，能溫柔揑塑一切色調的黑。

或許是因為她深深相信，最能代表真摯單純的愛的顏色，是與什麼色彩都能夠緊密相容的純白。

歷經千百錘鍊的七彩

在秋芳的神獸宇宙裡，純粹的紅、藍、白單色，都映照著一種執拗的信念堅持，那些如夢似幻的繽紛七色彩虹，挾帶著一股歷經重重劫難的千百次自我錘鍊力量，彷彿女媧煉製五色石補天的艱辛過程，愈是繁華如花的盛景，愈是得來不易，愈需要集體強悍的意志與力量全力守護。

西王母的七色彩衣仙子們，不僅個個身懷精湛卓絕的仙術，她們還組織自己的彩衣團隊，日日進行嚴苛訓練，做好隨時上場作戰的準備。

英招的漫天花雨，在開明眼中很美、很酷，可惜，他只看見美麗的表象，因而鑄成大錯。開明不知道的是，英招的漫天花雨揮灑得出神入化，已是原創者百花仙子所無法企及的高深境界，那是因為只屬於英招在天地大戰時的刀山火海印記，是他無數次於生死邊界中掙扎與突圍的戰果，也是此時此刻能夠好好活著的得之不易與慎重珍惜。

海兒公主的國家，位在極北遙遠處的冰海邊，那是個人人嚮往的文學烏托邦，不分皇族或平民，大家一起住在華麗七彩的彩虹冰殿裡，共享能緊密靠在一起的短暫美麗與溫暖，畢竟，想要在冰天雪地的極凍世界裡安然存活下來，是非常巨大的考驗。於是他們竭盡所能，展現活在貧瘠寒涼極地世界裡的極光、冰晶之美，就是要把倉促短暫的艱難人生，過得無比絢麗華燦不可。

這是秋芳對讀者的殷切叮嚀：愈是困難艱鉅的生活，愈要用七彩光影精緻妝點；而愈是懊悔難堪的過錯，愈要用更多的自主行動善後，一如悔悟的開明，在將星星樹送往帝江的天山安放時，特地帶著虔誠，繞行崑崙山九座美如幻境的溶穴，並仔細揀選大小呼應、美如星星的九色溶玉纏繞在樹上，那是比七彩更加豐富華燦的祝福心意，也是開明送給即將移居他方的星星們，絕美的崑崙山生活記憶。

至此，「愛」與「美」的主色調凸浮出來，鎔鑄為《崑崙傳說》三部曲的核心信念，也是秋芳對《山海經》的動人詮釋，值得我們反覆品讀，持續解碼人生的新可能。

國家圖書館出版品預行編目（CIP）資料

崑崙傳說：靈獸轉生 / 黃秋芳著 ; Cinyee Chiu 繪 . --
初版 . -- 新北市 : 字畝文化出版 : 遠足文化事業股份
有限公司發行 , 2020.12
面； 公分
ISBN 978-986-5505-48-6（平裝）
863.596 109018441

XBSY0026

崑崙傳說：靈獸轉生

作　　者｜黃秋芳
繪　　者｜ Cinyee Chiu

字畝文化創意有限公司
社　　長｜馮季眉
責任編輯｜戴鈺娟
編　　輯｜陳曉慈
封面設計｜張湘華
內頁設計｜張簡至真

讀書共和國出版集團
社長｜郭重興
發行人兼出版總監｜曾大福
印務協理｜江域平
印務主任｜李孟儒

發行｜遠足文化事業股份有限公司
地址：231 新北市新店區民權路 108-2 號 9 樓
電話：（02）2218-1417　傳真：（02）8667-1065
電子信箱：service@bookrep.com.tw
網址：www.bookrep.com.tw
郵撥帳號：19504465 遠足文化事業股份有限公司
客服專線：0800-221-029

法律顧問｜華洋法律事務所　蘇文生律師
印製｜通南彩色印刷有限公司

2020年12月　初版一刷　2021年10月　初版三刷　定價：330元
ISBN 978-986-5505-48-6　書號：XBSY0026